চাঁদের পাহাড়

শ্রীবিভূতিভূষণ বন্দ্যোপাধ্যায়

চাঁদের পাহাড়   শ্রীবিভূতিভূষণ বন্দ্যোপাধ্যায়

সূচী

এক	3
দুই	10
তিন	21
চার	29
পাঁচ	45
ছয়	51
সাত	63
আট	84
নয়	89
দশ	95
এগারো	102
বারো	109
তেরো	117
চোদ্দ	128

2

চাঁদের পাহাড়

এক

শঙ্কর একেবারে অজ পাড়াগাঁয়ের ছেলে। এইবার সে সবে এফ্.এ. পাশ দিয়ে গ্রামে বসেচে। কাজের মধ্যে সকালে বন্ধুবান্ধবদের বাড়ীতে গিয়ে আড্ডা দেওয়া, দুপুরে আহারান্তে লম্বা ঘুম, বিকেলে পালঘাটের বাঁওড়ে মাছ ধরতে যাওয়া। সারা বৈশাখ এভাবে কাটবার পরে একদিন তার মা ডেকে বল্লেন— শোন্ একটা কথা বলি শঙ্কর। তোর বাবার শরীর ভালো নয়। এ অবস্থায় আর তোর পড়াশুনো হবে কী করে? কে খরচ দেবে? এইবার একটা কিছু কাজের চেষ্টা দ্যাখ্।

মায়ের কথাটা শঙ্করকে ভাবিয়ে তুললে। সত্যিই তার বাবার শরীর আজ ক'মাস থেকে খুব খারাপ যাচ্চে। কলকাতার খরচ দেওয়া তাঁর পক্ষে ক্রমেই অসম্ভব হয়ে উঠচে। অথচ করবেই বা কি শঙ্কর? এখন কি তাকে কেউ চাকুরী দেবে? চেনেই বা সে কাকে?

আমরা যে সময়ের কথা বলচি, ইউরোপের মহাযুদ্ধ বাধতে তখনও পাঁচ বছর দেরী। ১৯০৯ সালের কথা। তখন চাকুরীর বাজার এতটা খারাপ ছিল না। শঙ্করদের গ্রামের এক ভদ্রলোক শ্যামনগরে না নৈহাটীতে পাটের কলে চাকুরী করতেন। শঙ্করের মা তাঁর স্ত্রীকে ছেলের চাকুরীর কথা বলে এলেন, যাতে তিনি স্বামীকে বলে শঙ্করের জন্যে পাটের কলে একটা কাজ যোগাড় করে দিতে পারেন। ভদ্রলোক পরদিন বাড়ী বয়ে বলতে এলেন যে শঙ্করের চাকুরীর জন্যে তিনি সাধ্যমত চেষ্টা করবেন।

শঙ্কর সাধারণ ধরণের ছেলে নয়। স্কুলে পড়বার সময় সে বরাবর খেলাধূলোতে প্রথম হয়ে এসেচে। সেবার মহকুমার এক্‌জিবিসনের সময়

হাইজাম্পে সে প্রথম স্থান অধিকার করে মেডেল পায়। ফুটবলে অমন সেন্টার ফরওয়ার্ড ও অঞ্চলে তখন কেউ ছিল না। সাঁতার দিতে তার জুড়ি খুঁজে মেলা ভার। গাছে উঠতে, ঘোড়ায় চড়তে, বক্সিং-এ সে অত্যন্ত নিপুণ। কলকাতায় পড়বার সময় ওয়াই, এম, সি,এ'তে সে রীতিমত বক্সিং অভ্যাস করেচে। এই সব কারণে পরীক্ষায় সে তত ভালো করতে পারেনি, দ্বিতীয় বিভাগে উত্তীর্ণ হয়েছিল।

কিন্তু তার একটী বিষয়ে অদ্ভুত জ্ঞান ছিল। তার বাতিক ছিল যত রাজ্যের ম্যাপ ঘাঁটা ও বড় বড় ভূগোলের বই পড়া। ভূগোলের অঙ্ক কসতে সে খুব মজবুত। আমাদের দেশের আকাশে যে সব নক্ষত্র মণ্ডল ওঠে, তা সে প্রায় সবই চেনে—ওটা কালপুরুষ, ওটা সপ্তর্ষি, ওটা ক্যাসিওপিয়া, ওটা বৃশ্চিক, কোন মাসে কোনটা ওঠে, কোনদিকে ওঠে—ওর সব নখ- দর্পণে। আকাশের দিকে চেয়ে তখনি বলে দেবে। আমাদের দেশের বেশী ছেলে যে এসব জানে না, এ কথা নিঃসন্দেহে বলা যেতে পারে।

এবার পরীক্ষা দিয়ে কলকাতা থেকে আসবার সময় সে একরাশ ওই সব বই কিনে এনেচে, নির্জ্জনে বসে প্রায়ই পড়ে আর কী ভাবে ওই জানে। তারপর এল তার বাবার অসুখ, সংসারের দারিদ্র্য এবং সঙ্গে সঙ্গে মায়ের মুখে পাটকলে চাকুরী নেওয়ার জন্যে অনুরোধ। কী করবে সে? সে নিতান্ত নিরুপায়। মা-বাপের মলিন মুখ সে দেখতে পারবে না। অগত্যা তাকে পাটের কলেই চাকুরী নিতে হবে। কিন্তু জীবনের স্বপ্ন তাহোলে ভেঙ্গে যাবে, তাও সে যে না বোঝে এমন নয়। ফুটবলের নাম করা সেন্টার ফরওয়ার্ড, জেলার হাই জাম্প চ্যাম্পিয়ন, নাম-জাদা সাঁতারু শঙ্কর হবে কিনা শেষে পাটের কলের বাবু? নিকেলের বইয়ের আকারের কৌটোতে খাবার কি পান নিয়ে ঝাড়ন পকেটে ক'রে তাকে সকালের ভোঁ বাজতেই ছুটতে হবে কলে—আবার

বারোটার সময় এসে দুটো খেয়ে নিয়েই আবার রওনা—ওদিকে সেই ছ'টারভোঁ বাজ্লে ছুটী। তার তরুণ তাজা মন এর কথা ভাবতেই পারে না যে! ভাবতে গেলেই তার সারা দেহ মন বিদ্রোহী হয়ে ওঠে—রেসের ঘোড়া শেষ কালে ছ্যাকড়া গাড়ী টানতে যাবে? সন্ধ্যার বেশি দেরি নেই। নদীর ধারে নির্জ্জনে বসে বসে শঙ্কর এই সব কথাই ভাবছিল। তার মন উড়ে যেতে চায় পৃথিবীর দূর, দূর দেশে শত দুঃসাহসিক কাজের মাঝখানে। লিভিংষ্টোন, ষ্ট্যানলির মত, হ্যারি জনষ্টন্, মার্কো পোলো, রবিনসন ক্রুসোর মত। এর জন্যে ছেলেবেলা থেকে সে নিজেকে তৈরি করেচে—যদিও এ কথা ভেবে দেখেনি অন্য দেশের ছেলেদের পক্ষে যা ঘটতে পারে, বাঙালী ছেলেদের পক্ষে তা ঘটা এক রকম অসম্ভব। তারা তৈরি হয়েছে কেরানী, স্কুলমাষ্টার, ডাক্তার বা উকিল হবার জন্যে। অজ্ঞাত অঞ্চলের অজ্ঞাত পথে পাড়ি দেওয়ার আশা তাদের পক্ষে নিতান্তই দুরাশা।

প্রদীপের মৃদু আলোয় সেদিন রাত্রে সে ওয়েষ্টমার্কের বড় ভূগোলের বইখানা খুলে পড়তে বসল। এই বইখানার একটা জায়গা তাকে বড় মুগ্ধ করে। সেটা হচ্ছে প্রসিদ্ধ জার্মান ভূপর্য্যটক অ্যান্টন্ হাউপ্টমান্ লিখিত আফ্রিকার একটা বড় পর্ব্বত—মাউনটেন্ অফ্ দি মুন্ (চাঁদের পাহাড়) আরোহণের অদ্ভুত বিবরণ। কত বার সে এটা পড়েচে। পড়বার সময় কতবার ভেবেচে হের্ হাউপ্টমানের মতো সেও একদিন যাবে মাউনটেন্ অফ্ দি মুন্ জয় করতে। স্বপ্ন! সত্যিকার চাঁদের সত্যিকার চাঁদের পাহাড়ের মতই দূরের জিনিস হয়ে চিরকাল।............চাঁদের পাহাড় বুঝি পৃথিবীতে নামে?

সে রাত্রে বড় অদ্ভুত একটা স্বপ্ন দেখলে সে।............

চারধারে ঘন বাঁশের জঙ্গল। বুনো হাতীর দল মড় মড় করে বাঁশ ভাঙচে। সে আর একজন কে তার সঙ্গে,দুজনে একটা প্রকাণ্ড পর্ব্বতে উঠেচে; চারি ধারের দৃশ্য ঠিক হাউপ্টমানের লেখা মাউন্টেন্ অফ্ দি মুনের দৃশ্যের

মতো। সেই ঘন বাঁশ বন, সেই পরগাছা ঝোলানো বড় বড় গাছ, নীচে পচাপাতার রাশ, মাঝে মাঝে পাহাড়ের খালি গা, আর দূরে গাছপালার ফাঁকে জ্যোৎস্নায় ধোয়া সাদা ধবধবে চিরতুষারে ঢাকা পর্বতশিখরটী—এক এক বার দেখা যাচ্ছে, এক একবার বনের আড়ালে চাপা পড়চে। পরিষ্কার আকাশে দু একটী তারা এখানে ওখানে। একবার সত্যিই সে যেন বুনো হাতীর গর্জ্জন শুনতে পেলে...সমস্ত বনটা কেঁপে উঠল.. এত বাস্তব বলে মনে হল সেটা, যেন সেই ডাকেই তার ঘুম ভেঙে গেল। বিছানার উপর উঠে বসল, ভোর হয়ে গিয়েচে, জানালার ফাঁক দিয়ে দিনের আলো ঘরের মধ্যে এসেচে।

উঃ, কি স্বপ্নটাই দেখেচে যে! ভোরের স্বপ্ন নাকি সত্যি হয়! বলে তো অনেকে।

অনেকদিন আগেকার একটা ভাঙা পুরোনো মন্দির আছে তাদের গাঁয়ে। বারভূঁইয়ার এক ভূঁইয়ার জামাই মদন রায় নাকি প্রাচীন দিনে এই মন্দির তৈরী করেন। এখন মদন রায়ের বংশে কেউ নেই। মন্দির ভেঙ্গে চুরে গিয়েচে, অশথ গাছ, বট গাছ গজিয়েচে কার্ণিসে—কিন্তু যেখানে ঠাকুরের বেদী, তার ওপরের খিলেনটা এখন ও ঠিক আছে। কোনো মূর্ত্তি নেই, তবুও শনি মঙ্গল বারে পূজো হয়, মেয়েরা বেদীতে সিঁদুর চন্দন মাখিয়ে রেখে যায়, সবাই বলে ঠাকুর বড় জাগ্রত —যে যা মানত করে তাই হয়। শঙ্কর সেদিন স্নান করে উঠে মন্দিরের একটা বটের ঝুরির গায়ে একটা ঢিল ঝুলিয়ে কি প্রার্থনা জানিয়ে এল।

বিকেলে সে গিয়ে অনেকক্ষণ মন্দিরের সামনে দুর্ব্বাঘাসের বনে বসে রইল। জায়গাটা পাড়ার মধ্যে হোলেও বনে ঘেরা, কাছেই একটা পোড়ো বাড়ি; এদের বাড়ীতে একটা খুন হয়ে গিয়েছিল শঙ্করের শিশুকালে—সেই থেকে বাড়ীর মালিক এ গ্রাম ছেড়ে অন্যত্র বাস করচেন; সবাই বলে জায়গাটায়

ভূতের ভয়। একা বড় কেউ এদিকে আসে না। শঙ্করের কিন্তু এই নির্জ্জন মন্দির প্রাঙ্গণের নিরালা বনে চুপ করে বসে থাকতে বড় ভালো লাগে।

ওর মনে আজ ভোরের স্বপ্নটা দাগ কেটে বসে গিয়েচে। এই বনের মধ্যে বসে শঙ্করের আবার সেই ছবিটা মনে পড়ল—সেই মড় মড় করে বাঁশঝাড় ভাঙছে বুনো হাতির দল, পাহাড়ের অধিত্যকার নিবিড় বনে পাতালতার ফাঁকে ফাঁকে অনেক উঁচুতে পর্ব্বতের জ্যোৎস্নাপাণ্ডুর তুষারবৃত শিখর দেশটা যেন কোন স্বপ্নরাজ্যের সীমা নির্দ্দেশ করচে। কত স্বপ্ন তো সে দেখেচে জীবনে—এত সুস্পষ্ট ছবি স্বপ্নে সে দেখেনি কখনো—এমন গভীর রেখাপাত করেনি কোনো স্বপ্ন তার মনে।......

সব মিথ্যে। তাকে যেতে হবে পাটের কলে চাকুরী করতে। তাই তার ললাট-লিপি নয় কি?

কিন্তু মানুষের জীবনে এমন সব অদ্ভুত ঘটনা ঘটে যা উপন্যাসে ঘটাতে গেলে পাঠকেরা বিশ্বাস করতে চাইবে না, হেসেই উড়িয়ে দেবে।

শঙ্করের জীবনেও এমন একটী ঘটনা সম্পূর্ণ অপ্রত্যাশিত ভাবে ঘটে গেল।

সকালবেলা সে একটু নদীর ধারে বেড়িয়ে এসে সবে বাড়িতে পা দিয়েচে, এমন সময় ওপাড়ার রামেশ্বর মুখুয্যের স্ত্রী একটুকরো কাগজ নিয়ে এসে তার হাতে দিয়ে বল্লেন—বাবা শঙ্কর, আমার জামায়ের খোঁজ পাওয়া গেছে অনেকদিন পরে। ভদ্রেশ্বরে ওদের বাড়ীতে চিঠি দিয়েচে, কাল পিন্টু সেখান থেকে এসেচে এই ঠিকানা তারা লিখে দিয়েচে। পড়তো বাবা?

শঙ্কর বললে—উঃ প্রায় দুবছরের পর খোঁজ মিলল। বাড়ী থেকে পালিয়ে গিয়ে কি ভয়টাই দেখালেন! এর আগেও তো একবার পালিয়ে গেছলেন—না? তারপর সে কাগজটা খুললে। লেখা আছে—প্রসাদদাস

বন্দ্যোপাধ্যায়, ইউগাণ্ডা রেলওয়ে হেড় অফিস্, কন্‌ষ্ট্রাক্‌সন ডিপার্টমেন্ট, মোম্বাসা, পূর্ব্ব আফ্রিকা।

শঙ্করের হাত থেকে কাগজের টুকুরোটা পড়ে গেল। পূর্ব্ব আফ্রিকা! পালিয়ে মানুষে এতদূর যায়? তবে সে জানে ননীবালা দিদির এই স্বামী অত্যন্ত একরোকা ডানপিটে ও ভবঘুরে ধরণের। একবার এই গ্রামেই তার সঙ্গে শঙ্করের আলাপও হয়েছিল—শঙ্কর তখন এন্ট্রান্স ক্লাসে সবে উঠেচে। লোকটা খুব উদার প্রকৃতির, লেখাপড়া ভালোই জানে, তবে কোনো একটা চাকুরীতে বেশিদিন টিকে থাকতে পারে না, উড়ে বেড়ানো স্বভাব। আর একবার পালিয়ে বর্ম্মা না কোচীন কোথায় যেন গিয়েছিল। এবারও বড় দাদার সঙ্গে কি নিয়ে মনোমালিন্য হওয়ার দরুণ বাড়ী থেকে পালিয়েছিল—এ খবর শঙ্কর আগেই শুনেছিল। সেই প্রসাদ বাবু পালিয়ে গিয়ে ঠেলে উঠেছে একেবারে পূর্ব্ব আফ্রিকায়!

রামেশ্বর মুখুয্যের স্ত্রী ভালো বুঝতে পারলেন না তাঁর জামাই কতদূরে গিয়েচে। অতটা দূরত্বের তাঁর ধারনা ছিল না। তিনি চলে গেলে শঙ্কর ঠিকানাটা নিজের নোট বইয়ে লিখে রাখলে এবং সেই সপ্তাহের মধ্যেই প্রসাদ বাবুকে একখানা চিঠি দিলে। শঙ্করকে তাঁর মনে আছে কি? তাঁর শ্বশুর বাড়ীর গাঁয়ের ছেলে সে। এবার এফ.এ, পাশ দিয়ে বাড়ীতে বসে আছে। তিনি কি একটা চাকুরী করে দিতে পারেন তাঁদের রেলের মধ্যে? যতদূরে হয় সে যাবে।

দেড়মাস পরে, যখন শঙ্কর প্রায় হতাশ হয়ে পড়েচে চিঠির উত্তর প্রাপ্তি সম্বন্ধে—তখন একখানা খামের চিঠি এল শঙ্করের নামে। তাতে লেখা আছেঃ—

মোম্বাসা
২ নং পোর্ট ষ্ট্রীট

প্রিয় শঙ্কর,

তোমার পত্র পেয়েচি। তোমাকে আমার খুব মনে আছে। কব্জির জোরে তোমার কাছে সেবার হেরে গিয়েছিলুম, সে কথা ভুলিনি। তুমি আসবে এখানে? চলে এসো। তোমার মতো ছেলে যদি বাইরে না বেরুবে তবে কে আর বেরুবে? এখানে নতুন রেল তৈরী হচ্ছে, আরও লোক নেবে। যত তাড়াতাড়ি পারো এসো। তোমার কাজ জুটিয়ে দেবার ভার আমি নিচ্ছি।

তোমাদের—প্রসাদদাস বন্দ্যোপাধ্যায়

শঙ্করের বাবা চিঠি দেখে খুব খুসি। যৌবনে তিনিও নিজে ছিলেন ডানপিটে ধরণের লোক। ছেলে পাটের কলে চাকুরী করতে যাবে তাঁর এতে মত ছিল না, শুধু সংসারের অভাব অনটনের দরুন শঙ্করের মায়ের মতেই সায় দিতে বাধ্য হয়েছিলেন।

এর মাস খানেক পরে শঙ্করের নামে এক টেলিগ্রাম এল ভদ্রেশ্বর থেকে সেই জামাইটী দেশে এসেচেন সম্প্রতি। শঙ্কর যেন গিয়ে তাঁর সঙ্গে দেখা করে টেলিগ্রাম পেয়েই। তিনি আবার মোম্বাসায় ফিরবেন দিন কুড়ির মধ্যে। শঙ্করকে তাহোলে সঙ্গে করে তিনি নিয়ে যেতে পারেন।

দুই

চার মাস পরের ঘটনা। মার্চ্চ মাসের শেষ।

মোম্বাসা থেকে রেলপথ গিয়েচে কিমুমু-ভিক্টোরিয়া নায়ান্‌জা হ্রদের ধারে—তারই একটা শাখা লাইন তখন তৈরী হচ্ছিল। জায়গাটা মোম্বাসা থেকে সাড়ে তিন শো মাইল পশ্চিমে। ইউগাণ্ডা রেলওয়ের নুড়স্‌বার্গ ষ্টেশন থেকে বাহাত্তর মাইল দক্ষিণ পশ্চিম কোণে। এখানে শঙ্কর কনষ্ট্রাকশন ক্যাম্পের কেরাণী ও সরকারী ষ্টোরকিপার হয়ে এসেচে। থাকে ছোট একটা তাঁবুতে। তার আশেপাশে অনেক তাঁবু। এখানে এখনও বাড়িঘর তৈরি হয়নি বলে তাঁবুতেই সবাই থাকে। তাঁবুগুলো একটা খোলা জায়গায় চক্রাকারে সাজানো—তাদের চারিধার ঘিরে বহু দূরব্যাপী মুক্ত প্রান্তর, দীর্ঘ দীর্ঘ ঘাসে ভরা, মাঝে মাঝে গাছ। তাঁবুগুলোর ঠিক গায়েই খোলা জায়গার শেষ সীমায় একটা বড় বাওবাব্‌ গাছ। আফ্রিকার বিখ্যাত গাছ, শঙ্কর কতবার ছবিতে দেখেছে, এবার সত্যিকার বাওবাব্‌ দেখে শঙ্করের যেন আশ মেটে না।

নতুন দেশ, শঙ্করের তরুণ তাজা মন—সে ইউগান্ডার এই নির্জ্জন মাঠ ও বনে নিজের স্বপ্নের সার্থকতাকে যেন খুঁজে পেলে। কাজ শেষ হয়ে যেতেই সে তাঁবু থেকে রোজ বেরিয়ে পড়তো—যেদিকে দু'চোখ যায় সেদিকে বেড়াতে বের হ'ত—পূবে, পশ্চিমে, দক্ষিণে, উত্তরে। সব দিকেই লম্বা লম্বা ঘাস। কোথাও মানুষের মাথা সমান উঁচু, কোথাও তার চেয়েও উঁচু।

কনষ্ট্রাক্‌সন তাঁবুর ভারপ্রাপ্ত এঞ্জিনিয়ার সাহেব একদিন শঙ্করকে ডেকে বল্লেন—শোনো রায়, ওরকম এখানে বেড়িও না। বিনা বন্দুকে এখানে এক পাও যেও না। প্রথম, এই ঘাসের জমিতে পথ হারাতে পারো। পথ হারিয়ে লোকে এসব জায়গায় মারাও গিয়েচে জলের অভাবে। দ্বিতীয়, ইউগান্ডা সিংহের দেশ। এখানে আমাদের সাড়াশব্দ আর হাতুড়ী ঠোকার আওয়াজে সিংহ

হয়তো একটু দূরে চলে গিয়েচে—কিন্তু ওদের বিশ্বাস নেই। খুব সাবধান। এসব অঞ্চল মোটেই নিরাপদ নয়।

একদিন দুপুরের পরে কাজকর্ম্ম বেশ পুরোদমে চলচে, হঠাৎ তাঁবু থেকে কিছুদূরে লম্বা ঘাসের জমির মধ্যে মনুষ্যকণ্ঠের আর্ত্তনাদ শোনা গেল। সবাই সেদিকে ছুটে গেল ব্যাপার কি দেখতে। শঙ্করও ছুটল। ঘাসের জমি পাতি পাতি করে খোঁজা হল—কিছুই নেই সেখানে।

কিসের চীৎকার তবে?

এঞ্জিনিয়ার সাহেব এলেন। কুলীদের নাম-ডাক হোল, দেখা গেল একজন কুলী অনুপস্থিত। অনুসন্ধানে জানা গেল সে একটু আগে ঘাসের বনের দিকে কি কাজে গিয়েছিল, তাকে ফিরে আসতে কেউ দেখে নি।

খোঁজাখুঁজি করতে করতে ঘাসের বনের বাইরে কটা বালির ওপরে সিংহের পায়ের দাগ পাওয়া গেল। সাহেব বন্দুক নিয়ে লোকজন সঙ্গে করে পায়ের দাগ দেখে অনেক দূর গিয়ে একটা বড় পাথরের আড়ালে হতভাগ্য কুলীর রক্তাক্ত দেহ বার করলেন।

তাকে তাঁবুতে ধরাধরি করে নিয়ে আসা হল। কিন্তু সিংহের কোনো চিহ্ন মিল্‌ল না। লোকজনের চীৎকারে সে শিকার ফেলে পালিয়েচে। সন্ধ্যার পূর্ব্বেই কুলীটা মারা গেল।

তাঁবুর চারিপাশের লম্বা ঘাস অনেকদূর পর্য্যন্ত কেটে সাফ্ করে দেওয়া হল পরদিনই। দিনকতক সিংহের কথা ছাড়া তাঁবুতে আর কোনো গল্পই নেই। তারপর মাসখানেক পরে ঘটনাটা পুরাণো হয়ে গেল, সে কথা সকলের মনে চাপা পড়ে গেল। কাজকর্ম্ম আবার বেশ চলল।

সেদিন দিনে খুব গরম। সন্ধ্যার একটু পরেই কিন্তু ঠাণ্ডা পড়ল। কুলীদের তাঁবুর সামনে অনেক কাঠকুটো জ্বালিয়ে আগুন করা হয়েচে। সেখানে

তাঁবুর সবাই গোল হয়ে বসে গল্পগুজব করচে। শঙ্করও সেখানে আছে, সে ওদের গল্প শুনচে এবং অগ্নিকুণ্ডের আলোতে 'কেনিয়া মর্ণিং নিউজ্' পড়চে। খবরের কাগজখানা পাঁচদিনের পুরোণো। কিন্তু এ জনহীন প্রান্তরে তবু এখানেতে বাইরের দুনিয়ার যা কিছু একটা খবর পাওয়া যায়।

তিরুমল আপ্পা বলে একজন মাদ্রাজী কেরাণীর সঙ্গে শঙ্করের খুব বন্ধুত্ব হয়েছিল। তিরুমল্ তরুণ যুবক, বেশ ইংরাজি জানে, মনেও খুব উৎসাহ! সে বাড়ী থেকে পালিয়ে এসেচে অ্যাড়্ভেঞ্চারের নেশায়। শঙ্করের পাশে বসে সে আজ সন্ধ্যা থেকে ক্রমাগত দেশের কথা, তার বাপ মায়ের কথা, তার ছোট বোনের কথা বলচে। ছোট বোনকে সে বড় ভালবাসে। বাড়ী ছেড়ে এসে তার কথাই তিরুমলের বড় মনে হয়। একবার সে দেশের দিকে যাবে সেপ্টেম্বর মাসের শেষে। মাস দুই ছুটী মঞ্জুর করবে না সাহেব?

ক্রমে রাত বেশী হোল। মাঝে মাঝে আগুন নিভে যাচ্ছে, আবার কুলীরা তাতে কাঠ কুটো ফেলে দিচ্ছে। আরও অনেকে উঠে শুতে গেল। কৃষ্ণপক্ষের ভাঙা চাঁদ ধীরে ধীরে দূর দিগন্তে দেখা দিল—সমগ্র প্রান্তর জুড়ে আলো আঁধারের লুকোচুরি আর বুনো গাছের দীর্ঘ দীর্ঘ ছায়া।

শঙ্করের ভারী অদ্ভুত মনে হচ্ছিল বহুদূর বিদেশের এই স্তব্ধ রাত্রির সৌন্দর্য্য। কুলীদের ঘরের একটা খুঁটীতে হেলান দিয়ে একদৃষ্টে সে সম্মুখের বিশাল জনহীন তৃণভূমির আলো-আঁধারমাখা রূপের দিকে চেয়ে চেয়ে কত কি ভাবছিল। ওই বাওবাব্ গাছটার ওদিকে অজানা দেশের সীমা কেপটাউন পর্যন্ত বিস্তৃত—মধ্যে পড়বে কত পর্ব্বত, অরণ্য, প্রাগৈতিহাসিক যুগের নগর জিম্বারী—বিশাল ও বিভীষিকাময় কালাহারি মরুভূমি, হীরকের দেশ, সোনার খনির দেশ!

একজন বড় স্বর্ণান্বেষী পর্য্যটক যেতে যেতে হোঁচট খেয়ে পড়ে গেলেন। যে পাথরটাতে লেগে হোঁচট খেলেন সেটা হাতে তুলে ভালো করে পরীক্ষা করে

দেখলেন, তার সঙ্গে সোনা মেশানো রয়েছে। সে যায়গায় বড় একটা সোনার খনি বেরিয়ে পড়ল। এ ধরণের কত গল্প সে পড়েচে দেশে থাক্‌তে।

এই সেই আফ্রিকা, সেই রহস্যময় মহাদেশে, সোনার দেশ, হীরের দেশ—কত অজানা জাতি, অজানা দৃশ্যাবলী, অজানা জীবজন্তু এর সীমাহীন ট্রপিক্যাল অরণ্যে আত্মগোপন করে আছে, কে তার হিসেব রেখেচে?

কত কি ভাবতে ভাবতে শঙ্কর কখন ঘুমিয়ে পড়েচে। হঠাৎ কিসের শব্দে তার ঘুম ভাঙল। সে ধড়মড় করে জেগে উঠে বসল। চাঁদ আকাশে অনেকটা উঠেচে। ধবধবে সাদা জ্যোৎস্না দিনের মতো পরিস্কার। অগ্নিকুণ্ডের আগুন গিয়েচে নিভে। কুলীরা সব কুন্ডলী পাকিয়ে আগুনের উপরে শুয়ে আছে। কোনোদিকে কোনো শব্দ নেই।

হঠাৎ শঙ্করের দৃষ্টি পড়ল তার পাশে—এখানে তো তিরুমল আপ্পা বসে তার সঙ্গে গল্প করছিল। সে কোথায়? তাহোলে সে তাঁবুর মধ্যে ঘুমুতে গিয়ে থাক্‌বে।

শঙ্করও নিজে উঠে শুতে যাবার উদ্যোগ করচে, এমন সময়ে অল্প দূরেই পশ্চিম কোণে মাঠের মধ্যে ভীষণ সিংহগর্জ্জন শুনতে পাওয়া গেল। রাত্রির অস্পষ্ট জ্যোৎস্নালোক যেন কেঁপে উঠল সে রবে। কুলিরা ধড়মড় করে জেগে উঠল। এঞ্জিনিয়ার সাহেব বন্দুক নিয়ে তাঁবুর বাইরে এলেন। শঙ্কর জীবনে এই প্রথম শুনলে সিংহের গর্জ্জন—সেই দিক্‌দিশাহীন তৃণভূমির মধ্যে শেষ রাত্রের জ্যোৎস্নায় সে গর্জ্জন যে কি এক অনির্দ্দেশ্য অনুভূতি তার মনে জাগালে! তা ভয় নয়, সে এক রহস্যময় ও জটিল মনোভাব। একজন বৃদ্ধ মাসাই কুলী ছিল তাঁবুতে। সে বল্লে—সিংহ লোক মেরেচে। লোক না মারলে এমন গর্জ্জন করবে না।

তাঁবুর ভিতর থেকে তিরুমলের সঙ্গী এসে হঠাৎ জানালে তিরুমলের বিছানা শূন্য। সে তাঁবুর মধ্যে কোথাও নেই।

কথাটা শুনে সবাই চমকে উঠল। শঙ্কর নিজে তাঁবুর মধ্যে ঢুকে দেখে এল সত্যিই সেখানে কেউ নেই। তখনি কুলীরা আলো জ্বেলে লাঠি নিয়ে বেরিয়ে পড়ল। সব তাঁবুগুলোতে খোঁজ করা হোল, নাম ধরে চীৎকার করে ডাকাডাকি করলে সবাই মিলে—তিরুমলের কোনো সাড়া মিলল না।

তিরুমল যেখানটাতে শুয়ে ছিল, সেখানটাতে ভালো করে দেখা গেল তখন। কোনো একটা ভারী জিনিসকে টেনে নিয়ে যাওয়ার দাগ মাটীর ওপর সুস্পষ্ট। ব্যাপারটা বুঝতে কারো দেরী হোল না। বাওবাব্ গাছের কাছে তিরুমলের জামার হাতার খানিকটা টুক্‌রো পাওয়া গেল। এঞ্জিনিয়ার সাহেব বন্দুক নিয়ে আগে আগে চললেন, শঙ্কর তাঁর সঙ্গে চলল। কুলীরা তাঁদের অনুসরণ করতে লাগল। সেই গভীর রাত্রে তাঁবু থেকে দূরে মাঠের চারিদিকে অনেক জায়গা খোঁজা হল, তিরুমলের দেহের কোনো সন্ধান মিলল না। এবার আবার সিংহগর্জ্জন শোনা গেল—কিন্তু দূরে। যেন এই নির্জ্জন প্রান্তরের অধিষ্ঠাত্রী কোনো রহস্যময়ী রাক্ষসীর বিকট চীৎকার।

মাসাই কুলীটা বল্লে—সিংহ দেহ নিয়ে চলে যাচ্চে। কিন্তু ওকে নিয়ে আমাদের ভুগতে হবে। আরও অনেকগুলো মানুষ ও ঘাল না করে ছাড়বে না। সবাই সাবধান। যে সিংহ একবার মানুষ খেতে সুরু করে, সে অত্যন্ত ধূর্ত্ত হয়ে ওঠে।

রাত যখন প্রায় তিনটে তখন সবাই ফিরল তাঁবুতে। বেশ ফুট্‌ফুটে জ্যোৎস্নায় সারা মাঠ আলো হয়ে উঠেচে। আফ্রিকার এই অংশে পাখি বড় একটা দেখা যায় না দিনমানে, কিন্তু এক ধরণের রাত্রিচর পাখীর ডাক্ শুন্‌তে পাওয়া যায় রাত্রে—সে সুর অপার্থিব ধরণের মিষ্ট। এইমাত্র সেই পাখী কোন্

গাছের মাথায় বহুদূরে ডেকে উঠল। মনটা এক মুহূর্তে উদাস করে দেয়। শঙ্কর ঘুমুতে গেল না। আর সবাই তাঁবুর মধ্যে শুতে গেল কারণ পরিশ্রম কারো কম হয়নি। তাঁবুর সাম্‌নে কাঠকুটো জ্বালিয়ে প্রকান্ড অগ্নিকুণ্ড করা হল। শঙ্কর সাহস করে বাইরে বসতে অবিশ্যি পারলে না—এ রকম দুঃসাহসের কোনো অর্থ হয় না। তবে সে নিজের ঘরে শুয়ে জানলা দিয়ে বিস্তৃত জ্যোৎস্নালোকিত অজানা প্রান্তরের দিকে চেয়ে রইল।

মনে কি এক অদ্ভুত ভাব। তিরুমলের অদৃষ্টলিপি এইজন্যেই বোধ হয় তাকে আফ্রিকায় টেনে এনেছিল। তাকেই বা কি জন্যে এখানে এনেছে তার অদৃষ্ট, কে জানে তার খবর?

আফ্রিকা অদ্ভূত সুন্দর দেখতে—কিন্তু আফ্রিকা ভয়ঙ্কর। দেখতে বাব্‌লা বনে ভর্তি বাঙলাদেশের মাঠের মতো দেখালে কি হবে, আফ্রিকা অজানা মৃত্যুসঙ্কুল! যেখানে সেখানে অতর্কিত নিষ্ঠুর মৃত্যুর ফাঁদ পাতা…পর মুহূর্তে কি ঘটবে, এ মুহূর্তে তা কেউ বলতে পারে না।

আফ্রিকা প্রথম বলি গ্রহণ করেচে—তরুণ হিন্দু যুবক তিরুমলকে। সে বলি চায়।

তিরুমল তো গেল, সঙ্গে সঙ্গে ক্যাম্পে পরদিন থেকে এমন অবস্থা হয়ে উঠ্‌ল যে আর সেখানে সিংহের উপদ্রবে থাকা যায় না। মানুষ-খেকো সিংহ অতি ভয়ানক জানোয়ার! যেমন সে ধূর্ত্ত, তেমনি সাহসী। সন্ধ্যা তো দূরের কথা, দিনমানেই একা বেশিদূর যাওয়া যায় না। সন্ধ্যার আগে তাঁবুর মাঠে নানা জায়গায় বড় বড় আগুনের কুণ্ড করা হয়। কুলীরা আগুনের কাছে ঘেঁষে বসে গল্প করে, রান্না করে, সেখানে বসেই খাওয়া দাওয়া করে। এঞ্জিনিয়ার সাহেব বন্দুক হাতে রাত্রে তিন চার বার তাঁবুর চারদিকে ঘুরে পাহারা দেন, ফাঁকা দ্যাওড় করেন—এত সতর্কতার মধ্যেও একটা কুলীকে সিংহে নিয়ে

পালাল তিরুমলকে মারবার ঠিক দু'দিন পরে সন্ধ্যা রাত্রে। তার পরদিন একটা সোমালি কুলী দুপুরে তাঁবু থেকে তিনশো গজের মধ্যে পাথরের ঢিবিতে পাথর ভাঙতে গেল—সন্ধ্যায় সে আর ফিরে এল না।

সেই রাত্রেই, রাত দশটার পরে—শঙ্কর এঞ্জিনিয়ার সাহেবের তাঁবু থেকে ফিরচে, লোকজন কেউ বড় একটা বাইরে নেই, সকাল সকাল যে যার ঘরে শুয়ে পড়েচে, কেবল এখানে ওখানে দু একটা নির্ব্বাপিত প্রায় অগ্নিকুণ্ড। দূরে শেয়াল ডাক্‌চে—শেয়ালের ডাক শুনলেই শঙ্করের মনে হয় সে বাংলাদেশের পাড়াগাঁয়ে আছে—চোখ বুজে সে নিজের গ্রামটা ভাববার চেষ্টা করে, তাদের ঘরের কোণের সেই বিলিতি আমড়া গাছটা ভাববার চেষ্টা করে—আজও সে একবার থম্‌কে দাঁড়িয়ে তাড়াতাড়ি চোখ বুঁজলে।

কি চমৎকার লাগে! কোথায় সে? সেই তাদের গাঁয়ের বাড়ির জানলার পাশে তক্তপোষে শুয়ে? বিলিতি আমড়া গাছটার ডালপালা চোখ খুললেই চোখে পড়বে? ঠিক? দেখবে সে চোখ খুলে?

শঙ্কর ধীরে ধীরে চোখ খুললে।

অন্ধকার প্রান্তর। দূরে সেই বড় বাওবাব গাছটা অস্পষ্ট অন্ধকারে দৈত্যের মত দাঁড়িয়ে আছে। হঠাৎ তার মনে হোল সাম্‌নের একটা ছাতার মতো গোল খড়ের নীচু চালার উপরে একটা কি যেন নড়চে। পরক্ষণেই সে ভয়ে ও বিস্ময়ে কাঠ হয়ে গেল।

প্রকান্ড একটা সিংহ খড়ের চাল থাবা দিয়ে খুঁচিয়ে গর্ত্ত করবার চেষ্টা করচে ও মাঝে মাঝে নাকটা চালের গর্ত্তের কাছে নিয়ে গিয়ে কিসের যেন ঘ্রাণ নিচ্চে!

তার কাছ থেকে চালাটার দূরত্ব বড় জোর বিশ হাত।

শঙ্কর বুঝলে সে ভয়ানক বিপদগ্রস্ত। সিংহ চালার খড় খুঁচিয়ে গর্ত্ত করতে ব্যস্ত, সেখান দিয়ে ঢুকে সে মানুষ নেবে—শঙ্করকে সে এখনো দেখতে

পায়নি। তাঁবুর বাইরে কোথাও লোক নেই, সিংহের ভয়ে বেশী রাত্রে কেউ বাইরে থাকে না। নিজে সে সম্পূর্ণ নিরস্ত্র, একগাছ লাঠি পর্য্যন্ত নেই হাতে।

শঙ্কর নিঃশব্দে পিছু হঠতে লাগল এঞ্জিনিয়ারের তাঁবুর দিকে, সিংহের দিকে চোখ রেখে। এক মিনিট...দু মিনিট...নিজের স্নায়ুমণ্ডলীর ওপর যে তার এত কর্ত্তৃত্ব ছিল, তা এর আগে শঙ্কর জানতো না। একটা ভীতিসূচক শব্দ তার মুখ দিয়ে বেরুল না বা সে হঠাৎ পিছু ফিরে দৌড় দেবার চেষ্টাও করলে না।

এঞ্জিনিয়ারের তাঁবুর পর্দা উঠিয়ে সে ঢুকে দেখল সাহেব টেবিলে বসে তখনো কাজ করছে। সাহেব ওর রকম-সকম দেখে বিস্মিত হয়ে কিছু জিজ্ঞেস করবার আগেই ও বল্লে — সাহেব, সিংহ!...

সাহেব লাফিয়ে উঠ্‌ল — কৈ? কোথায়? বন্দুকের র্‍যাকে একটা .৩৭৫ ম্যানলিকার রাইফেল ছিল, সাহেব সেটা নামিয়ে নিলে। শঙ্করকে আর একটা রাইফল দিলে। দুজনে তাঁবুর পর্দা তুলে আস্তে আস্তে বাইরে এল। একটু দূরেই কুলী লাইনের সেই গোল চালা। কিন্তু চালার ওপর কোথায় সিংহ? শঙ্কর আঙুল দিয়ে দেখিয়ে বল্লে- এই মাত্র দেখে গেলাম স্যর্। ঐ চালার উপর সিংহ থাবা দিয়ে খড় খোঁচাচ্ছে।

সাহেব বল্লে—পালিয়েচে। জাগাও সবাইকে।

একটু পরে তাঁবুতে মহা সোরগোল পড়ে গেল। লাঠি, সড়কি, গাঁতি, মুগুর নিয়ে কুলীর দল হল্লা করে বেরিয়ে পড়ল — খোঁজ খোঁজ চারিদিকে, খড়ের চাল সত্যিই ফুটো দেখা গেল। সিংহের পায়ের দাগও পাওয়া গেল। কিন্তু সিংহ উধাও হয়েচে। আগুনের কুণ্ডে বেশী করে কাঠ ও শুক্‌নো খড় ফেলে আগুন আবার জ্বালানো হোল। সে রাত্রে অনেকেরই ভালো ঘুম হোল না, কিন্তু তাঁবুর বাইরেও বড় একটা কেউ রইল না। শেষ রাত্রের দিকে শঙ্কর

নিজের তাঁবুতে শুয়ে একটু ঘুমিয়ে পড়েছিল — একটা মহা শোরগোলের শব্দে তার ঘুম ভেঙে গেল। মাসাই কুলিরা 'সিম্বা' 'সিম্বা' বলে চীৎকার করচে। দুবার বন্দুকের আওয়াজ হোল। শঙ্কর তাঁবুর বাইরে এসে ব্যাপার জিজ্ঞাসা করে জানলে সিংহ এসে আস্তাবলের একটা ভারবাহী অশ্বতরকে জখম করে গিয়েচে — এই মাত্র! সবাই শেষ রাত্রে একটু ঝিমিয়ে পড়েচে আর সেই সময়ে এই কাণ্ড। পরদিন সন্ধ্যার ঝোঁকে একটা ছোক্‌রা কুলীকে তাঁবু থেকে একশো হাতের মধ্যে সিংহে নিয়ে গেল। দিন চারেক পর আর একটা কুলীকে নিলে বাওবাব গাছটার তলা থেকে।

কুলীরা আর কেহ কাজ করতে চায় না। লম্বা লাইনে গাঁতিওয়ালা কুলীদের অনেক সময়ে খুব ছোট দলে ভাগ হয়ে কাজ করতে হয় — তারা তাঁবু ছেড়ে দিনের বেলাতেও বেশী দূর যেতে চায় না। তাঁবুর মধ্যে থাকাও রাত্রে নিরাপদ নয়। সকলের মনে ভয়— প্রত্যেকেই ভাবে এইবার তার পালা। কাকে কখন নেবে কিছু স্থিরতা নেই। এই অবস্থায় কাজ হয় না। কেবল মাসাই কুলীরা অবিচলিত রইল — তারা যমকেও ভয় করে না। তাঁবু থেকে দু'মাইল দূরে গাঁতির কাজ তারাই করে, সাহেব বন্দুক নিয়ে দিনের মধ্যে চার-পাঁচবার তাদের দেখাশোনা করে আসে।

কত নতুন ব্যবস্থা করা হোল, কিছুতেই সিংহের উপদ্রব কম্‌ল না। কত চেষ্টা করেও সিংহ শিকার করা গেল না। অনেকে বল্লে সিংহ একটা নয়, অনেকগুলো— ক'টা মেরে ফেলা যাবে? সাহেব বল্লে — মানুষ-খেকো সিংহ বেশি থাকে না। এ একটা সিংহেরই কাজ।

একদিন সাহেব শঙ্করকে ডেকে বল্লে বন্দুকটা নিয়ে গাঁতিদার কুলীদের একবার দেখে আসতে। শঙ্কর বল্লে — সাহেব, তোমার ম্যান্‌লিকারটা দাও।

সাহেব রাজী হোল। শঙ্কর বন্দুক নিয়ে একটা অশ্বতরে চড়ে রওনা হোল — তাঁবু থেকে মাইল দূরে একজায়গায় একটা ছোট জলা। শঙ্কর দূর থেকে জলাটা যখন দেখতে পেয়েচে, তখন বেলা প্রায় তিনটে। কেউ কোনো দিকে নেই, রোদের ঝাঁজ মাঠের মধ্যে তাপ-তরঙ্গের সৃষ্টি করেচে।

হঠাৎ অশ্বতর থমকে দাঁড়িয়ে গেল। আর কিছুতেই সেটা এগিয়ে যেতে চায় না। শঙ্করের মনে হল জায়গাটার দিকে যেতে অশ্বতরটা ভয় পাচ্চে। একটু পরে পাশের ঝোপে কি যেন একটা নড়ল। কিন্তু সেদিকে চেয়ে সে কিছু দেখতে পেলে না। সে অশ্বতর থেকে নামল। তবুও অশ্বতর নড়তে চায় না।

হঠাৎ শঙ্করের শরীরে যেন বিদ্যুৎ খেলে গেল। ঝোপের মধ্যে সিংহ তার জন্যে ওৎ পেতে বসে নেই তো? অনেক সময়ে এরকম হয় সে জানে, সিংহ পথের পাশে ঝোপ্‌ঝাপের, মধ্যে লুকিয়ে অনেক দূর পর্য্যন্ত নিঃশব্দে তার শিকারের অনুসরণ করে। নির্জ্জন স্থানে সুবিধা বুঝে তার ঘাড়ের উপর লাফিয়ে পড়ে। যদি তাই হয়? শঙ্কর অশ্বতর নিয়ে আর এগিয়ে যাওয়া উচিত বিবেচনা করলে না। ভাবলে তাঁবুতে ফিরেই যাই। সবে সে তাঁবুর দিকে অশ্বতরের মুখটা ফিরিয়েছে এমন সময় আবার ঝোপের মধ্যে কি একটা নড়ল। সঙ্গে সঙ্গে ভয়ানক সিংহ গর্জ্জন এবং একটা ধূসর বর্ণের বিরাট দেহ সশব্দে অশ্বতরের ওপর এসে পড়ল। শঙ্কর তখন হাত চারেক এগিয়ে আছে, সে তখনি ফিরে দাঁড়িয়ে বন্দুক উঁচিয়ে উপরি উপরি দু'বার গুলি করলে। গুলি লেগেচে কিনা বোঝা গেল না, কিন্তু তখন অশ্বতর মাটীতে লুটিয়ে পড়েচে — ধূসর বর্ণের জানোয়ারটা পলাতক। শঙ্কর পরীক্ষা করে দেখলে অশ্বতরের কাঁধের কাছে অনেকটা মাংস ছিন্ন ভিন্ন, রক্তে মাটী ভেসে যাচ্চে। যন্ত্রণায় সে ছট্‌ফট্ করচে। শঙ্কর এক গুলিতে তার যন্ত্রণার অবসান করলে।

তারপর সে তাঁবুতে ফিরে এল। সাহেব বল্লে— সিংহ নিশ্চয়ই জখম হয়েচে। বন্দুকের গুলি যদি গায়ে লাগে তবে দস্তুর মত জখম তাকে হতেই হবে। কিন্তু গুলি লেগেছিল তো? শঙ্কর বল্লে — গুলি লাগালাগির কথা সে বলতে পারে না। বন্দুক ছুঁড়েছিল,এইমাত্র কথা। লোকজন নিয়ে খোঁজাখুঁজি করে দু তিন দিনেও কোনো আহত বা মৃত সিংহের সন্ধান কোথাও পাওয়া গেল না।

জুন মাসের প্রথম থেকে বর্ষা নাম্‌ল। কতকটা সিংহের উপদ্রবের জন্যে, কতকটা বা জলাভূমির সান্নিধ্যের জন্যে জায়গাটা অস্বাস্থ্যকর হওয়ায় তাঁবু ওখান থেকে উঠে গেল।

শঙ্করকে আর কনষ্ট্রাক্‌সন তাঁবুতে থাকতে হোল না। কিসুমু থেকে প্রায় ত্রিশ মাইল দূরে একটা ছোট ষ্টেশনে সে ষ্টেশন মাষ্টারের কাজ পেয়ে জিনিষ পত্র নিয়ে সেইখানেই চলে গেল।

তিন

নতুন পদ পেয়ে উৎফুল্ল মনে শঙ্কর যখন ষ্টেশনটাতে এসে নাম্‌ল তখন বেলা তিনটে হবে। ষ্টেশন ঘরটা খুব ছোট। মাটীর প্ল্যাটফর্ম্ম, প্ল্যাটফর্ম্ম আর ষ্টেশন ঘরের আশ পাশ কাঁটা তারের বেড়া দিয়ে ঘেরা। ষ্টেশন ঘরের পেছনে তার থাক্‌বার কোয়ার্টার। পায়রার খোপের মতো ছোট। যে ট্রেনখানা তাকে বহন করে এনেছিল, সেখানা কিসুমুর দিকে চলে গেল। শঙ্কর যেন অকূল সমুদ্রে পড়ল। এত নির্জ্জন স্থান সে জীবনে কখনো কল্পনা করেনি।

এই ষ্টেশনে সে-ই একমাত্র কর্ম্মচারী। একটা কুলী পর্য্যন্ত নেই। সেই কুলী, সে-ই পয়েন্টস্‌ম্যান, সেই সব।

এ রকম ব্যবস্থার কারণ হচ্চে এই যে, এসব ষ্টেশন এখনও মোটেই আয়কর নয়। এর অস্তিত্ব এখনও পরীক্ষা সাপেক্ষ। এদের পেছনে রেল-কোম্পানী বেশী খরচ করতে রাজী নয়। একখানি ট্রেন সকালে, একখানি এই গেল— আর সারাদিন রাত ট্রেন নেই।

সুতরাং তার হাতে প্রচুর অবসর আছে। চার্জ্জ বুঝে নিতে হবে এই যা একটু কাজ। আগের ষ্টেশন মাষ্টারটী গুজ্‌রাটী, বেশ ইংরেজী জানে। সে নিজের হাতে চা করে নিয়ে এল। চার্জ্জ বোঝাবার বেশী কিছু নেই। গুজরাটী ষ্টেশন মাষ্টার তাকে পেয়ে খুব খুসি। ভাবে বোধ হোল সে কথা বলবার সঙ্গী পায়নি অনেকদিন। দু'জনে প্ল্যাটফর্ম্মের এদিক ওদিক পায়চারী করলে।

শঙ্কর বল্লে — কাঁটাতারের বেড়া দিয়ে ঘেরা কেন?

গুজরাটি ভদ্রলোকটী বল্লে — ও কিছু নয়। নির্জ্জন জায়গা — তাই।

শঙ্করের মনে হোল কি একটা কথা লোকটা গোপন করে গেল। শঙ্করও আর পীড়াপীড়ি করলে না। রাত্রে ভদ্রলোক রুটী গড়ে শঙ্করকে খাবার

নিমন্ত্রণ করলে । খেতে বসে হঠাৎ লোকটী চেঁচিয়ে উঠল— ঐ যাঃ, ভুলে গিয়েছি ।

- কি হোল?

- খাবার জল নেই মোটে, ট্রেণ থেকে নিতে একদম ভুলে গিয়েচি ।

- সে কি? এখানে খাবার জল কোথাও পাওয়া যায় না?

- কোথাও না । একটা কুয়ো আছে, তার জল বেজায় তেতো আর কসা । সে জলে বাসন মাজা ছাড়া আর কোনো কাজ হয় না । খাবার জল ট্রেণ থেকে দিয়ে যায় ।

বেশ জায়গা বটে । খাবার জল নেই, মানুষ-জন নেই । এখানে ষ্টেশন করেছে কেন তা শঙ্কর বুঝতে পারলে না ।

পরদিন সকালে ভূতপূর্ব্ব ষ্টেশন মাস্টার চলে গেল । শঙ্কর পড়ল একা। নিজের কাজ করে, রাঁধে খায়, ট্রেণের সময় প্ল্যাটফর্ম্মে গিয়ে দাঁড়ায় । দুপুরে বই পড়ে কি বড় টেবিলটাতে শুয়ে ঘুমোয় । বিকেলের দিকে ছায়া পড়লে প্ল্যাটফর্ম্মে পায়চারী করে ।

ষ্টেশনের চারিধার ঘিরে ধূ ধূ সীমাহীন প্রান্তর, দীর্ঘ ঘাসের বন, মাঝে ইউকা, বাবলা গাছ— দূরে পাহাড়ের সারি সারা চক্রবাল জুড়ে । ভারি সুন্দর দৃশ্য।

গুজরাটী লোকটী ওকে বারণ করে গিয়েছিল — একা যেন এই সব মাঠে সে না বেড়াতে বার হয় ।

শঙ্কর বলেছিল—কেন?

সে প্রশ্নের সন্তোষজনক উত্তর গুজরাটী ভদ্রলোকটীর কাছ থেকে পাওয়া যায়নি। কিন্তু তার উত্তর অন্য দিক থেকে সে রাত্রেই মিলল।

সকাল রাতেই আহারাদি সেরে শঙ্কর ষ্টেশন ঘরে বাতি জ্বালিয়ে বসে ডায়েরী লিখ্চে— ষ্টেশনঘরেই সে শোবে। সামনের কাঁচ-বসানো দরজাটী বন্ধ আছে-কিন্তু আগল দেওয়া নেই, কিসের শব্দ শুনে সে দরজার দিকে চেয়ে দেখে — দরজার ঠিক বাইরে কাঁচে নাক লাগিয়ে প্রকাণ্ড সিংহ! শঙ্কর কাঠের মতো বসে রইল। দরজা একটু জোর করে ঠেললেই খুলে যাবে। সেও সম্পূর্ণ নিরস্ত্র। টেবিলের ওপর কেবল কাঠের রুলটা মাত্র আছে।

সিংহটা কিন্তু কৌতূহলের সঙ্গে শঙ্কর ও টেবিলের কেরোসিন বাতিটার দিকে চেয়ে চুপ করে দাঁড়িয়ে রইল। খুব বেশীক্ষণ ছিল না, হয়তো মিনিট দুই — কিন্তু শঙ্করের মনে হোল সে আর সিংহটা কতকাল ধরে পরস্পরে পরস্পরের দিকে চেয়ে দাঁড়িয়ে আছে। তারপর সিংহ ধীরে ধীরে অনাসক্ত ভাবে দরজা থেকে সরে গেল। শঙ্কর হঠাৎ যেন চেতনা ফিরে পেল। সে তাড়াতাড়ি গিয়ে দরজার আগলটা তুলে দিলে।

এতক্ষণে সে বুঝতে পারলে ষ্টেশনের চারিদিকে কাঁটাতারের বেড়া কেন। কিন্তু শঙ্কর একটু ভুল করেছিল — সে আংশিক ভাবে বুঝেছিল মাত্র, বাকী উত্তরটা পেতে দুএকদিন বিলম্ব ছিল।

সেটা এল অন্য দিক থেকে।

পরদিন সকালের ট্রেণের গার্ডকে সে রাত্রের ঘটনাটা বল্লে। গার্ড লোকটী ভালো, সব শুনে বল্লে — এসব অঞ্চলে সর্বত্রই এমন অবস্থা। এখান থেকে বারো মাইল দূরে আর একটা তোমার মত ছোট ষ্টেশন আছে— সেখানেও এই দশা। এখানে তো যে কাণ্ড —

সে কি একটা কথা বলতে যাচ্ছিল, কিন্তু হঠাৎ কথা বন্ধ করে ট্রেণে উঠে পড়ল। যাবার সময় চলন্ত ট্রেণে থেকে বলে গেল,বেশ সাবধানে থেকো সর্ব্বদা-

শঙ্কর চিন্তিত হয়ে পড়ল—এরা কি কথাটা চাপা দিতে চায়? সিংহ ছাড়া আরও কিছু আছে নাকি? যাহোক্, সেদিন থেকে শঙ্কর প্ল্যাটফর্ম্মে ষ্টেশনঘরের সামনে রোজ আগুন জ্বালিয়ে রাখে। সন্ধ্যার আগেই দরজা বন্ধ করে ষ্টেশন ঘরে ঢোকে— অনেক রাত পর্য্যন্ত বসে পড়াশুনো করে বা ডায়েরী লেখে। রাত্রের অভিজ্ঞতা অদ্ভুত। বিস্তৃত প্রান্তরে ঘন অন্ধকার নামে, প্ল্যাটফর্ম্মের ইউকা গাছটার ডালপালার মধ্যে দিয়ে রাত্রির বাতাস বেধে কেমন একটা শব্দ হয়, মাঠের মধ্যে প্রহরে প্রহরে শেয়াল ডাকে, এক একদিন গভীর রাতে দূরে কোথাও সিংহের গর্জন শুনতে পাওয়া যায়— অদ্ভুত জীবন!

ঠিক এই জীবনই সে চেয়েছিল। এ তার রক্তে আছে। এই জনহীন প্রান্তর, এই রহস্যময়ী রাত্রি, অচেনা নক্ষত্রে ভরা আকাশ, এই বিপদের আশঙ্কা— এই তো জীবন! নিরাপদ শান্ত জীবন নিরীহ কেরানির হতে পারে— তার নয়।

সেদিন বিকেলের ট্রেণ রওনা করে দিয়ে সে নিজের কোয়ার্টারের রান্নাঘরে ঢুকতে যাচ্ছে এমন সময়ে খুঁটির গায়ে কি একটা দেখে সে তিন হাত লাফ দিয়ে পিছিয়ে এল— প্রকান্ড একটা হলদে খড়িশ গোখুরা তাকে দেখে ফণা উদ্যত করে খুঁটি থেকে প্রায় এক হাত বাইরে মুখ বাড়িয়েছে! আর দু'সেকেন্ড পরে যদি শঙ্করের চোখ সেদিকে পড়ত— তাহলে— না, এখন সাপটাকে মারবার কি করা যায়? কিন্তু সাপটা পরমুহূর্ত্তে খুঁটি বেয়ে ওপোরে খড়ের চালের মধ্যে লুকিয়ে পড়ল। বেশ কান্ড বটে। ঐ ঘরে গিয়ে শঙ্করকে এখন ভাত রাঁধতে বসতে হবে। এ সিংহ নয় যে দরজা বন্ধ করে আগুন জ্বেলে রাখবে। খানিকটা ইতস্ততঃ করে শঙ্কর অগত্যা রান্নাঘরে ঢুকল এবং কোনোরকমে তাড়াতাড়ি রান্না সেরে সন্ধ্যা হবার আগেই খাওয়া-দাওয়া সাঙ্গ করে সেখান থেকে বেরিয়ে ষ্টেশনঘরে এল। কিন্তু ষ্টেশনঘরেই বা বিশ্বাস কি? সাপ কখন কোন ফাঁক দিয়ে ঘরে ঢুকবে, তাকে কি আর ঠেকিয়ে রাখা যাবে?

পরদিন সকালের ট্রেণে গার্ডের গাড়ি থেকে একটি নতুন কুলী তার রসদের বস্তা নামিয়ে দিতে এল। সপ্তাহে দু'দিন মোম্বাসা থেকে চাল আর আলু রেল কোম্পানী এইসব নির্জ্জন ষ্টেশনের কর্ম্মচারীদের পাঠিয়ে দেয়— মাসিক বেতন থেকে এর দাম কেটে নেওয়া হয়।

যে কুলীটা রসদের বস্তা নামিয়ে দিতে এল সে ভারতীয়, গুজরাট অঞ্চলে বাড়ি। বস্তাটা নামিয়ে সে কেমন যেন অদ্ভুত ভাবে চাইলে শঙ্করের দিকে, এবং পাছে শঙ্কর তাকে কিছু জিজ্ঞেস করে, এই ভয়েই যেন তাড়াতাড়ি গাড়ীতে গিয়ে উঠে পড়ল।

কুলীর সে দৃষ্টি শঙ্করের চোখ এড়ায়নি। কী রহস্য জড়িত আছে যেন এই জায়গাটার সঙ্গে, কেউ তা ওর কাছে প্রকাশ করতে চায় না। প্রকাশ করা যেন বারণ আছে। ব্যাপার কী?

দিন দুই পরে ট্রেণ পাশ করে সে নিজের কোয়ার্টারে ঢুকতে যাচ্ছে— আর একটু হোলে সাপের ঘাড়ে পা দিয়েছিল আর কি। সেই খড়িশ গোখুরা সাপ। পূর্ব্বদৃষ্ট সাপটাও হোতে পারে, নতুন একটা যে নয় তারও কোনো প্রমাণ নেই।

শঙ্কর সেই দিন ষ্টেশনঘর, নিজের কোয়ার্টার ও চারিধারের জমি ভালো করে পরীক্ষা করে দেখলে। সারা জায়গায় মাটীতে বড় বড় গর্ত্ত, কোয়ার্টারের উঠোনে, রান্নাঘরের দেওয়ালে, কাঁচা প্ল্যাটফর্ম্মের মাঝে মাঝে সর্ব্বত্র গর্ত্ত ও ফাটল আর ইঁদুরের মাটী। তবুও সে কিছু বুঝতে পারলে না।

একদিন সে ষ্টেশনঘরে ঘুমিয়ে আছে, রাত অনেক। ঘর অন্ধকার, হঠাৎ শঙ্করের ঘুম ভেঙ্গে গেল। পাঁচটা ইন্দ্রিয়ের বাইরে আর একটা কোন্ ইন্দ্রিয় যেন মুহূর্ত্তের জন্যে জাগরিত হয়ে উঠে তাকে জানিয়ে দিলে সে ভয়ানক বিপদে পড়বে। ঘোর অন্ধকার, শঙ্করের সমস্ত শরীর যেন শিউরে উঠল। টর্ষ্চটা হাতড়ে পাওয়া যায় না কেন? অন্ধকারের মধ্যে যেন একটা কিসের

অস্পষ্ট শব্দ হচ্চে ঘরের মধ্যে। হঠাৎ টর্চ্চটা তার হাতে ঠেকল, এবং কলের পুতুলের মতো সে সামনের দিকে ঘুরিয়ে টর্চ্চটা জ্বাললে।

সঙ্গে সঙ্গেই সে ভয়ে বিস্ময়ে কাঠ হয়ে টর্চ্চটা ধরে বিছানার ওপরই বসে রইল।

দেওয়াল ও তার বিছানার মাঝামাঝি জায়গায় মাথা উঁচু করে তুলে ও টর্চ্চের আলো পড়ার দরুন সাময়িক ভাবে আলো-আঁধারি লেগে থ' খেয়ে আছে আফ্রিকার ক্রুর ও হিংস্রতম সর্প— কালো মাম্বা ! ঘরের মেঝে থেকে সাপটা প্রায় আড়াই হাত উঁচু হয়ে উঠেচে— সেটা এমন কিছু আশ্চর্য নয় যখন ব্ল্যাক মাম্বা সাধারণতঃ মানুষকে তাড়া করে তার ঘাড়ে ছোবল মারে ! ব্ল্যাক মাম্বার হাত থেকে রেহাই পাওয়া এক প্রকার পুনর্জ্জন্ম তাও শঙ্কর শুনেছে।

শঙ্করের একটা গুন বাল্যকাল থেকেই আছে, বিপদে তার সহজে বুদ্ধিভ্রংশ হয় না— আর তার স্নায়ুমন্ডলীর উপর সে ঘোর বিপদেও কর্ত্তৃত্ব বজায় রাখতে পারে।

শঙ্কর বুঝলে হাত যদি তার একটু কেঁপে যায়— তবে যে মুহূর্ত্তে সাপটার চোখ থেকে আলো সরে যাবে— সেই মুহূর্ত্তে ওর আলো— আঁধারি কেটে যাবে এবং তখুনি সে করবে আক্রমণ। সে বুঝলে তার আয়ু নির্ভর করচে এখন দৃঢ় ও অকম্পিত হাতে টর্চ্চটা সাপের চোখের দিকে ধরে থাকার ওপর। যতক্ষণ সে এরকম ধরে থাকতে পারবে ততক্ষণ সে নিরাপদ। কিন্তু যদি টর্চ্চটা একটু এদিক ওদিক সরে যায়...?

শঙ্কর টর্চ্চ ধরেই রইল। সাপের চোখ দুটো জ্বলচে যেন দুটো আলোর দানার মতো। কি ভীষণ শক্তি ও রাগ প্রকাশ পাচ্চে চাবুকের মত খাড়া উদ্যত তার কালো, মিশমিশে, সরু দেহটাতে।....

শঙ্কর ভুলে গেছে চারপাশের সব আসবাবপত্র, আফ্রিকা দেশটা, তার রেলের চাকুরী, মোম্বাসা থেকে কিসুমু লাইনটা, তার দেশ, তার বাবা-মা— সমস্ত জগৎটা শূন্য হয়ে গিয়ে সামনের ঐ দুটো জ্বলজ্বলে আলোর দানায়

পরিণত হয়েচে... তার বাইরে সব শূন্য ! অন্ধকার ! মৃত্যুর মতো শূন্য, প্রলয়ের পরের বিশ্বের মতো অন্ধকার !

সত্য কেবল এই মহাহিংস্র উদ্যত-ফণা সর্প, যেটা প্রত্যেক ছোবলে ১৫০০ মিলিগ্রাম তীব্র বিষ ক্ষতস্থানে ঢুকিয়ে দিতে পারে এবং দেবার জন্যে ওৎ পেতে রয়েছে...

শঙ্করের হাত ঝিমঝিম করচে, আঙুল অবশ হয়ে আসচে, কনুই থেকে বগল পর্য্যন্ত হাতের যেন সাড় নেই । কতক্ষণ সে আর টর্চ্চ ধরে থাকবে? আলোর দানা দুটো হয়তো সাপের চোখ নয়... জোনাকী পোকা কিংবা নক্ষত্র... কিংবা... টর্চ্চের ব্যাটারির তেজ কমে আসচে না? সাদা আলো যেন হলদে ও নিস্তেজ হয়ে আসচে না? ... কিন্তু জোনাকী পোকা কিংবা নক্ষত্র দুটো তেমনি জ্বলচে । রাত না দিন? ভোর হবে না সন্ধ্যা হবে?

শঙ্কর নিজেকে সামলে নিলে । ওই চোখ দুটোর জ্বালাময়ী দৃষ্টি তাকে যেন মোহগ্রস্ত করে তুলচে । সে সজাগ থাকবে । এ তেপান্তরের মাঠে চেঁচালেও কেউ কোথাও নেই সে জানে— তার নিজের স্নায়ুমন্ডলীর দৃঢ়তার ওপর নির্ভর করছে তার জীবন । কিন্তু সে পারচে না যে, হাত যেন টনটন করে অবশ হয়ে আসচে, আর কতক্ষণ সে টর্চ্চ ধরে থাকবে? সাপে না হয় ছোবল দিক কিন্তু হাতখানা একটু নামিয়ে সে আরাম বোধ করবে এখন ।

তারপরেই ঘড়িতে টং টং করে তিনটে বাজল । ঠিক রাত তিনটে পর্য্যন্তই বোধহয় শঙ্করের আয়ু ছিল, কারণ তিনটে বাজবার সঙ্গে সঙ্গে তার হাত কেঁপে উঠে নড়ে গেল— সামনের আলোর দানা দুটো গেল নিভে । কিন্তু সাপ কই? তাড়া করে এল না কেন?

পরক্ষণেই শঙ্কর বুঝতে পারলে সাপটাও সাময়িক মোহগ্রস্ত হয়েছে তার মতো । এই অবসর ! বিদ্যুতের চেয়েও বেগে সে টেবিল থেকে একলাফ মেরে অন্ধকারের মধ্যে দরজার আগল খুলে ফেলে ঘরের বাইরে গিয়ে দরজাটা

বাইরে থেকে বন্ধ করে দিলে। সকালের ট্রেণ এল। শঙ্কর বাকী রাতটা প্ল্যাটফর্ম্মেই কাটিয়েছে। ট্রেণের গার্ডকে বল্লে সব ব্যাপার। গার্ড বল্লে— চলো দেখি ষ্টেশনঘরের মধ্যে। ঘরের মধ্যে কোথাও সাপের চিহ্নও পাওয়া গেল না। গার্ড লোকটা ভালো, বল্লে— বলি তবে শোনো। খুব বেঁচে গিয়েচ কাল রাত্রে। এতদিন কথাটা তোমায় বলিনি, পাছে ভয় পাও। তোমার আগে যিনি ষ্টেশনমাস্টার এখানে ছিলেন— তিনিও সাপের উপদ্রবেই এখান থেকে পালান। তাঁর আগে দু'জন ষ্টেশনমাস্টার এই স্টেশনের কোয়ার্টারে সাপের কামড়ে মরেচে। আফ্রিকার ব্ল্যাক মাম্বা যেখানে থাকে, তার ত্রিসীমানায় লোক আসে না। বন্ধুভাবে কথাটা বল্লাম, ওপরওয়ালাদের বলো না যেন যে আমার কাছ থেকে এ কথা শুনেচ। ট্রান্সফারের দরখাস্ত কর।

শঙ্কর বল্লে— দরখাস্তের উত্তর আসতেও তো দেরী হবে, তুমি একটা উপকার করো। আমি এখানে একেবারে নিরস্ত্র, আমাকে একটা বন্দুক কি রিভলবার যাবার পথে দিয়ে যাও। আর কিছু কার্ব্বলিক এ্যাসিড। ফিরবার পথেই কার্ব্বলিক এ্যাসিডটা আমায় দিয়ে যেও।

ট্রেণ থেকে সে একটা কুলীকে নামিয়ে নিলে এবং দু'জনে মিলে সারাদিন সর্ব্বত্র গর্ত্ত বুঁজিয়ে বেড়ালে। পরীক্ষা করে দেখে মনে হোল কাল রাত্রে ষ্টেশনঘরের পশ্চিমের দেওয়ালের কোণে একটা গর্ত্ত থেকে সাপটা বেরিয়েছিল। গর্ত্তগুলো ইঁদুরের, বাইরের সাপ দিনমানে ইঁদুর খাওয়ার লোভে গর্ত্তে ঢুকেছিল হয়তো। গর্ত্তটা বেশ ভালো করে বুজিয়ে দিলে। ডাউন ট্রেণের গার্ডের কাছ থেকে এক বোতল কার্ব্বলিক এ্যাসিড পাওয়া গেল— ঘরের সর্ব্বত্র ও আশেপাশে সে এ্যাসিড ছড়িয়ে দিলে। কুলীটা তাকে একটা বড় লাঠি দিয়ে গেল। দু-তিনদিনের মধ্যেই রেল কোম্পানী থেকে ওকে একটা বন্দুক দিলে।

চার

ষ্টেশনে বড়ই জলের কষ্ট। ট্রেণ থেকে যা জল দেয়, তাতে রান্না-খাওয়া কোনোরকমে চলে— স্নান আর হয় না। এখানকার কুয়োর জলও শুকিয়ে গিয়েচে। একদিন সে শুনলে ষ্টেশনে থেকে মাইল তিনেক দূরে একটা জলাশয় আছে, সেখানে ভালো জল পাওয়া যায়, মাছও আছে।

স্নান ও মাছ ধরবার আকর্ষণে একদিন সে সকালের ট্রেণ রওনা করে দিয়ে সেখানে মাছ ধরতে চলল— সঙ্গে একজন সোমালি কুলী, সে পথ দেখিয়ে নিয়ে গেল। মাছ ধরার সাজসরঞ্জাম মোম্বাসা থেকে আনিয়ে নিয়েছিল। জলাশয়টা মাঝারি গোছের, চারি ধারে উঁচু ঘাসের বন, ইউকা গাছ, কাছেই একটা অনুচ্চ পাহাড়। জলে সে স্নান সেরে উঠে ঘণ্টা দুই ছিপ ফেলে ট্যাংরা জাতীয় ছোট ছোট মাছ অনেকগুলি পেলে। মাছ অদৃষ্টে জোটেনি অনেকদিন কিন্তু বেশী দেরী করা চলবে না— কারণ আবার বিকেল চারটের মধ্যে ষ্টেশনে পৌঁছুনো চাই, বিকেলের ট্রেণ পাশ করাবার জন্যে।

এখন প্রায়ই সে মাঝে মাঝে মাছ ধরতে যায়। কোনোদিন সঙ্গে লোক থাকে— প্রায়ই একা যায়। স্নানের কষ্টও ঘুচেছে।

গ্রীষ্মকাল ক্রমেই প্রখর হয়ে উঠল। আফ্রিকার দারুণ গ্রীষ্ম— বেলা ন'টার পর থেকে আর রোদে যাওয়া যায় না। এগারোটার পর থেকে শঙ্করের মনে হয় যেন দিকবিদিক দাউদাউ করে জ্বলচে। তবুও সে ট্রেণের লোকের মুখে শুনলে মধ্য-আফ্রিকা ও দক্ষিণ-আফ্রিকার গরমের কাছে এ নাকি কিছুই নয়!

শীঘ্রই এমন একটা ঘটনা ঘটল যা থেকে শঙ্করের জীবনের গতি মোড় ঘুরে অন্য পথে চলে গেল। একদিন সকালের দিকে শঙ্কর মাছ ধরতে গিয়েছিল। যখন ফিরচে তখন বেলা তিনটে। ষ্টেশন যখন আর মাইলটাক আছে, তখন

শঙ্করের কাণে গেল সেই রৌদ্রদগ্ধ প্রান্তরের মধ্যে কে যেন কোথায় অস্ফুট আর্ত্তস্বরে কি বলচে। কোনদিক থেকে স্বরটা আসচে, লক্ষ্য করে কিছুদূর যেতেই দেখলে একটা ইউকা গাছের নিচে স্বল্পমাত্র ছায়াটুকুতে কে একজন বসে আছে।

শঙ্কর দ্রুতপদে তার নিকটে গেল। লোকটা ইউরোপীয়ান— পরণে তালি দেওয়া ছিন্ন ও মলিন কোটপ্যান্ট। একমুখ লাল দাড়ি, বড় বড় চোখ, মুখের গড়ন বেশ সুশ্রী, দেহও বেশ বলিষ্ঠ ছিল বোঝা যায়, কিন্তু সম্ভবতঃ রোগে, কষ্টে ও অনাহারে বর্ত্তমানে শীর্ণ। লোকটা গাছের গুঁড়িতে হেলান দিয়ে অবসন্ন ভাবে পড়ে আছে। তার মাথায় মলিন সোলার টুপিটা একদিকে গড়িয়ে পড়েচে মাথা থেকে— পাশে একটা খাকি কাপড়ের বড় ঝোলা।

শঙ্কর ইংরিজিতে জিজ্ঞেস করলে— তুমি কোথা থেকে আসচো? লোকটা কথার উত্তর না দিয়ে মুখের কাছে হাত নিয়ে গিয়ে জলপানের ভঙ্গি করে বল্লে— একটু জল! জল!

শঙ্কর বল্লে— এখানে তো জল নেই। আমার উপর ভর দিয়ে ষ্টেশন পর্য্যন্ত আসতে পারবে?

অতি কষ্টে খানিকটা ভর দিয়ে এবং শেষের দিকে একরকম শঙ্করের কাঁধে চেপে লোকটা প্ল্যাটফর্ম্মে পৌঁছুলো। ওকে আনতে গিয়ে দেরী হয়ে গেল, বিকেলের ট্রেণ ওর অনুপস্থিতিতেই চলে গিয়েচে। ও লোকটাকে ষ্টেশনঘরে বিছানা পেতে শোয়ালে, জল খাইয়ে সুস্থ করলে, কিছু খাদ্যও এনে দিলে। সে খানিকটা চাঙ্গা হয়ে উঠল বটে, কিন্তু শঙ্কর দেখলে লোকটার ভারি জ্বর হয়েচে। অনেক দিনের অনিয়মে, পরিশ্রমে, অনাহারে তার শরীর একেবারে ভেঙে গিয়েচে— দু-চারদিনে সে সুস্থ হবে না।

লোকটা একটু পরে পরিচয় দিলে। তার নাম ডিয়েগো আলভারেজ— জাতে পর্টুগিজ, তবে আফ্রিকার সূর্য্য তার বর্ণ তামাটে করে দিয়েচে।

রাত্রে ওকে ষ্টেশনে রাখলে শঙ্কর। কিন্তু ওর অসুখ দেখে সে পড়ে গেল বিপদে— এখানে ওষুধ নেই, ডাক্তার নেই— সকালের ট্রেণ মোম্বাসার দিকে যায় না, বিকেলের ট্রেণে গার্ড রোগীকে তুলে নিয়ে যেতে পারে। কিন্তু রাত কাটতে এখনো অনেক দেরী। বিকেলের গাড়ীখানা ষ্টেশনে এসে যদি পাওয়া যেত, তবে তো কোনো কথাই ছিল না। শঙ্কর রোগীর পাশে রাত জেগে বসে রইল। লোকটীর শরীরে কিছু নেই। খুব সম্ভবতঃ কষ্ট ও অনাহার ওর অসুখের কারণ। এই দূর বিদেশে, ওর কেউ নেই— শঙ্কর না দেখলে ওকে দেখবে কে ? বাল্যকাল থেকেই পরের দুঃখ সহ্য করতে পারে না সে, শঙ্কর যেভাবে সারা রাত তার সেবা করলে, তার কোনো আপনার লোক ওর চেয়ে বেশী কিছু করতে পারতো না।

উত্তর-পূর্ব্ব কোণের অনুচ্চ পাহাড়শ্রেণীর পেছন থেকে চাঁদ উঠচে যখন সে রাত্রে— ঝমঝম করছে নিস্তব্ধ নিশীথ রাত্রি— তখন হঠাৎ প্রান্তরের মধ্যে ভীষণ সিংহ-গর্জ্জন শোনা গেল, রোগী তন্দ্রাচ্ছন্ন ছিল— সিংহের ডাকে সে ধড়মড় করে বিছানায় উঠে বসল। শঙ্কর বল্লে— ভয় নেই, শুয়ে থাকো। বাইরে সিংহ ডাকচে, দরজা বন্ধ আছে।

তারপর শঙ্কর আস্তে আস্তে দরজা খুলে প্ল্যাটফর্ম্মে এসে দাঁড়ালো। দাঁড়িয়ে চারিধারে চেয়ে দেখবামাত্রই যেন সে রাত্রির অপূর্ব্ব দৃশ্য তাকে মুগ্ধ করে ফেললে। চাঁদ উঠেচে দূরের আকাশপ্রান্তে— ইউকা গাছের লম্বা লম্বা ছায়া পড়েচে পুব থেকে পশ্চিমে, ঘাসের বন যেন রহস্যময়, নিস্পন্দ। সিংহ ডাকচে ষ্টেশনের কোয়ার্টারের পিছনে প্রায় পাঁচশো গজের মধ্যে। কিন্তু সিংহের ডাক আজকাল শঙ্করের গা-সওয়া হয়ে উঠেচে— ওতে আর আগের মতো ভয় পায় না। রাত্রির সৌন্দর্য্য এত আকৃষ্ট করেছে ওকে যে ও সিংহের সান্নিধ্য যেন ভুলে গেল। ফিরে ও ষ্টেশনঘরে ঢুকল। টং টং করে ঘড়িতে দুটো বেজে গেল। ও

ঘরে ঢুকে দেখলে রোগী বিছানায় উঠে বসে আছে। বল্লে— একটু জল দাও, খাব।

লোকটা বেশ ভালো ইংরিজি বলতে পারে। শঙ্কর টিন থেকে জল নিয়ে ওকে খাওয়ালে।

লোকটার জ্বর তখন যেন কমেচে। সে বল্লে— তুমি কি বলছিলে? আমার ভয় করছে ভাবছিলে? ডিয়েগো আলভারেজ, ভয় করবে? ইয়্যাংম্যান, তুমি ডিয়েগো আলভারেজকে জানো না। লোকটার ওষ্ঠপ্রান্তে একটা হতাশা, বিষাদ ও ব্যঙ্গ মিশানো অদ্ভুত ধরনের হাসি দেখা দিলে। সে অবসন্ন ভাবে বালিশের গায়ে ঢলে পড়ল। ওই হাসিতে শঙ্করের মনে হোল এ লোক সাধারণ লোক নয়। তখন ওর হাতের দিকে নজর পড়ল শঙ্করের। বেঁটে বেঁটে, মোটা মোটা আঙ্গুল— দড়ির মতো শিরাবহুল হাত, তাম্রাভ দাড়ির নিচে চিবুকের ভাব শক্ত মানুষের পরিচয় দিচ্চে। এতক্ষণ পরে খানিকটা জ্বর কমে যাওয়াতে আসল মানুষটা বেরিয়ে আসচে যেন ধীরে ধীরে।

লোকটা বল্লে— সরে এসো কাছে। তুমি আমার যথেষ্ট উপকার করেচ। আমার নিজের ছেলে থাকলে এর বেশি করতে পারতো না। তবে একটা কথা বলি— আমি বাঁচবো না। আমার মন বলছে আমার দিন ফুরিয়ে এসেচে। তোমার উপকার করে যেতে চাই। তুমি ইন্ডিয়ান? এখানে কত মাইনে পাও? এই সামান্য মাইনের জন্যে দেশ ছেড়ে এত দূর এসে আছ যখন, তখন তোমার সাহস আছে, কষ্ট সহ্য করবার শক্তি আছে। আমার কথা মন দিয়ে শোনো, কিন্তু প্রতিজ্ঞা করো আজ তোমাকে যেসব কথা বলবো— আমার মৃত্যুর পূর্ব্বে তুমি কারো কাছে তা প্রকাশ করবে না?

শঙ্কর সেই আশ্বাসই দিলে। তারপর সেই অদ্ভুত রাত্রি ক্রমশঃ কেটে যাওয়ার সঙ্গে সঙ্গে সে এমন এক আশ্চর্য্য, অবিশ্বাস্য ধরনের আশ্চর্য্য কাহিনী শুনে গেল— যা সাধারণতঃ উপন্যাসেই পড়া যায়।

ডিয়েগো আলভারেজের কথা

ইয়্যাংম্যান, তোমার বয়স কত হবে? বাইশ? ...তুমি, যখন মায়ের কোলে শিশু— আজ বিশ বছর আগের কথা, ১৮৮৮-৮৯ সালের দিকে আমি কেপ কলোনির উত্তরে পাহাড়-জঙ্গলের মধ্যে সোনার খনির সন্ধান করে বেড়াচ্ছিলাম। তখন বয়েস ছিল কম, দুনিয়ার কোনো বিপদকেই বিপদ বলে গ্রাহ্য করতাম না।

বুলাওয়েও শহর থেকে জিনিসপত্র কিনে একাই রওনা হলাম, সঙ্গে কেবল দু'টী গাধা, জিনিসপত্র বইবার জন্যে। জাম্বেসি নদী পার হয়ে চলেচি, পথ ও দেশ সম্পূর্ণ অজ্ঞাত, শুধু ছোটখাটো পাহাড়, ঘাস, মাঝে মাঝে কাফিরদের বস্তি। ক্রমে যেন মানুষের বাস কমে এল, এমন এক জায়গায় উপস্থিত এসে পৌঁছনো গেল, যেখানে এর আগে কখনো কোনো ইউরোপীয়ান আসেনি।

যেখানেই নদী বা খাল দেখি— কিংবা পাহাড় দেখি— সকলের আগে সোনার স্তরের সন্ধান করি। লোকে কত কি পেয়ে বড়মানুষ হয়ে গিয়েচে দক্ষিণ-আফ্রিকায়, এ সম্বন্ধে বাল্যকাল থেকে কত কাহিনীই শুনে এসেছিলুম— সেই সব গল্পের মোহই আমায় আফ্রিকায় নিয়ে এসে ফেলেছিল। কিন্তু বৃথাই দু'বৎসর নানাস্থানে ঘুরে বেড়ালুম। কত অসহ্য কষ্ট সহ্য করলুম এই দু'বছরে। একবার তো সন্ধান পেয়েও হারালুম।

সেদিন একটা হরিণ শিকার করেছি সকালের দিকে। তাঁবু খাটিয়ে মাংস রান্না করে শুয়ে পড়লুম দুপুরবেলা— কারণ দুপুরের রোদে পথ চলা সেসব জায়গায় একরকম অসম্ভব— ১১৫ ডিগ্রী থেকে ১৩০ ডিগ্রী পর্যন্ত উত্তাপ হয় গ্রীষ্মকালে। বিশ্রামের পরে বন্দুক পরিষ্কার করতে গিয়ে দেখি বন্দুকের নলের মাছিটা কোথায় হারিয়ে গিয়েচে। মাছি না থাকলে রাইফেলের তাগ ঠিক হয় না। কত এদিক ওদিক খুঁজেও মাছিটা পাওয়া গেল না। কাছেই একটা পাথরের ঢিবি, তার গায়ে সাদা সাদা কি একটা কঠিন পদার্থ চোখে পড়ল। ঢিবিটার গায়ে সেই জিনিসটা নানা স্থানে আছে। বেছে বেছে তারই একটি দানা সংগ্রহ করে ঘষে মেজে নিয়ে আপাততঃ সেটাকেই মাছি করে রাইফেলের নলের আগায় বসিয়ে নিলাম। তারপর বিকেলে সেখান থেকে আবার উত্তর মুখে রওনা হয়েছি, কোথায় তাঁবু ফেলেছিলাম, সে কথা ক্রমেই ভুলে গিয়েছি।

দিন পনেরো পরে একজন ইংরেজের সঙ্গে সাক্ষাৎ হোল, সেও আমার মত সোনা খুঁজে বেড়াচ্চে। তার সঙ্গে দু'জন মাটাবেল কুলী ছিল। পরস্পরকে পেয়ে আমরা খুশি হলাম, তার নাম জিম কার্টার, আমারই মতো ভবঘুরে, তবে তার বয়েস আমার চেয়ে বেশি। জিম একদিন আমার বন্দুকটা নিয়ে পরীক্ষা করতে গিয়ে হঠাৎ কি দেখে আশ্চর্য হয়ে গেল। আমায় বল্লে— বন্দুকের মাছি তোমার এরকম কেন? তারপর আমার গল্প শুনে সে উত্তেজিত হয়ে উঠল। বল্লে— তুমি বুঝতে পারোনি এ জিনিসটা খাঁটী রুপো, খনিজ রুপো। এ যেখানে পাওয়া যায় সাধারণতঃ সেখানে রুপোর খনি থাকে। আমার আন্দাজ হচ্ছে এক টন পাথর থেকে সেখানে অন্ততঃ ন'হাজার আউন্স রুপো পাওয়া যাবে। সে জায়গাতে এক্ষুণি চলো আমরা যাই। এবার আমরা লক্ষপতি হয়ে যাবো।

সংক্ষেপে বলি । তারপর কার্টারকে সঙ্গে নিয়ে আমি যে পথে এসেছিলাম, সেই পথে আবার এলাম । কিন্তু চার মাস ধরে কত চেষ্টা করে, কত অসহ্য কষ্ট পেয়ে, কতবার বিরাট দিকদিশাহীন মরুভূমিবত্‍ ভেল্ডের মধ্যে পথ হারিয়ে, মৃত্যুর দ্বার পর্য্যন্ত পৌঁছেও, কিছুতেই আমি সে স্থান নির্ণয় করতে পারলাম না। যখন সেখান থেকে সেবার তাঁবু উঠিয়ে দিয়েছিলাম, অত লক্ষ্য করিনি জায়গাটা । আফ্রিকার ভেল্ডে কোনো চিহ্ন বড় একটা থাকে না, যার সাহায্যে পুরোণো জায়গা খুঁজে বার করা যায়— সবই যেন একরকম । অনেকবার হয়রাণ হয়ে শেষে আমরা রুপোর খনির আশা ত্যাগ করে গুয়াই নদীর দিকে চললাম । জিম কার্টার আমাকে আর ছাড়লে না । তার মৃত্যু পর্য্যন্ত আমার সঙ্গেই ছিল । তার সে শোচনীয় মৃত্যুর কথা ভাবলে এখনও আমার কষ্ট হয় ।

তৃষ্ণার কষ্টই এই ভ্রমণের সময় সব কষ্টের চেয়ে বেশি বলে মনে হয়েছে আমাদের কাছে । তাই এখন থেকে আমরা নদীপথ ধরে চলবো, এই স্থির করা গেল । বনের জন্তু শিকার করে খাই আর মাঝে মাঝে কাফির বস্তি যদি পাই, সেখান থেকে মিষ্টি আলু, মুরগী প্রভৃতি সংগ্রহ করি ।

একবার অরেঞ্জ নদী পার হয়ে প্রায় পঞ্চাশ মাইল দূরবর্ত্তী একটা কাফির বস্তীতে আশ্রয় নিয়েছি, সেইদিন দুপুরের পরে কাফির বস্তীর মোড়লের মেয়ে হঠাৎ ভয়ানক অসুস্থ হয়ে পড়ল । আমরা দেখতে গেলাম— পাঁচ-ছ'বছরের একটা ছোট্ট উলঙ্গ মেয়ে মাটীতে পড়ে গড়াগড়ি দিচ্ছে— তার পেটে নাকি ভয়ানক ব্যাথা। সবাই কাঁদছে ও দাপাদাপি করছে। মেয়েটার ঘাড়ে নিশ্চয়ই দানো চেপেছে— ওকে মেরে না ফেলে ছাড়বে না। তাকে ও তার বাপ-মাকে জিজ্ঞেস করে এইটুকু জানা গেল, সে বনের ধারে গিয়েছিল— তারপর থেকে তাকে ভূতে পেয়েছে।আমি ওর অবস্থা দেখে বুঝলাম কোনো বনের পাঁচ ছ'বছরের একটা উলঙ্গ মেয়ে মাটীতে পড়ে গড়াগড়ি দিচ্ছে ।

ফল বেশী পরিমাণে খেয়ে ওর পেট কামড়াচ্ছে। তাকে জিজ্ঞেস করা হোল, কোনো বনের ফল সে খেয়েছিল কিনা? সে বল্লে— হ্যাঁ, খেয়েছিল। কাঁচা ফল? মেয়েটা বল্লে— ফল নয়, ফলের বীজ। সে ফলের বীজই খাদ্য।

এক ডোজ হোমিওপ্যাথিক ওষুধে তার ভূত ছেড়ে গেল। আমাদের সঙ্গে ওষুধের বাক্স ছিল। গ্রামে আমাদের খাতির হয়ে গেল খুব। পনেরো দিন আমরা সে গ্রামের সর্দ্দারের অতিথি হয়ে রইলাম। ইলান্ড হরিণ শিকার করি আর রাত্রে কাফিরদের মাংস খেতে নিমন্ত্রণ করি। বিদায় নেবার সময় কাফির সর্দ্দার বল্লে— তোমরা সাদা পাথর খুব ভালোবাসো— না? বেশ খেলবার জিনিস। নেবে সাদা পাথর? দাঁড়াও দেখাচ্ছি। একটু পরে সে একটা ডুমুর ফলের মতো বড় সাদা পাথর আমাদের হাতে এনে দিলে। জিম ও আমি বিস্ময়ে চমকে উঠলাম— জিনিসটা হীরে! খনি বা খনির ওপরকার পাথুরে মৃত্তিকাস্তর থেকে পাওয়া পালিশ-না-করা হীরের টুকরো!

কাফির সর্দ্দার বল্লে— এটা তোমরা নিয়ে যাও। ঐ যে দূরের বড় পাহাড় দেখচো, ধোঁয়া ধোঁয়া— এখান থেকে হেঁটে গেলে একটা চাঁদের মধ্যে ওখানে পৌঁছে যাবে। ঐ পাহাড়ের মধ্যে এ রকম সাদা পাথর অনেক আছে বলে শুনেচি। আমরা কখনো যাই নি, জায়গা ভালো নয়, ওখানে বুনিপ বলে উপদেবতা থাকে। অনেক চাঁদ আগেকার কথা, আমাদের গ্রামের তিনজন সাহসী লোক কারো বারণ না শুনে ঐ পাহাড়ে গিয়েছিল, আর ফেরেনি। আর একবার একজন তোমাদের মতো সাদা মানুষ এসেছিল, সেও অনেক, অনেক চাঁদ আগে। আমরা দেখিনি, আমাদের বাপ-ঠাকুরদাদাদের আমলের কথা। সে গিয়েও আর ফেরেনি।

কাফির গ্রাম থেকে বার হয়েই পথে আমরা ম্যাপ মিলিয়ে দেখলাম— দূরের ধোঁয়া ধোঁয়া অস্পষ্ট ব্যাপারটা হচ্ছে রিখটারসভেল্ড পর্বতশ্রেণী, দক্ষিণ-

আফ্রিকার সর্ব্বাপেক্ষা বন্য, অজ্ঞাত, বিশাল ও বিপদসঙ্কুল অঞ্চল। দু-একজন দুর্ধর্ষ দেশ-আবিষ্কারক বা ভৌগোলিক বিশেষজ্ঞ ছাড়া, কোনো সভ্য মানুষ সে অঞ্চলে পদার্পণ করেনি। ঐ বিস্তীর্ণ বনপর্ব্বতের অধিকাংশ স্থানই সম্পূর্ণ অজানা, তার ম্যাপ নেই, তার কোথায় কি আছে কেউ বলতে পারে না।

জিম কার্টার ও আমার রক্ত চঞ্চল হয়ে উঠল— আমরা দু'জনেই তখনি স্থির করলাম ওই অরণ্য ও পর্ব্বতমালা আমাদেরই আগমন প্রতীক্ষায় তার বিপুল রত্নভান্ডার লোকচক্ষুর আড়ালে গোপন করে রেখেছে, ওখানে আমরা যাবোই।

কাফির গ্রাম থেকে রওনা হবার প্রায় সতেরো দিন পরে আমরা পর্ব্বতশ্রেণীর পাদদেশে নিবিড় বনে প্রবেশ করলাম।

পূর্ব্বেই বলেচি দক্ষিণ-আফ্রিকার অত্যন্ত দুর্গম প্রদেশে এই পর্ব্বতশ্রেণী অবস্থিত। জঙ্গলের কাছাকাছি কোনো কাফির বস্তি পর্য্যন্ত আমাদের চোখে পড়ল না। জঙ্গল দেখে মনে হোল কাঠুরিয়ার কুঠার আজ পর্য্যন্ত এখানে প্রবেশ করেনি। সন্ধ্যার কিছু পূর্ব্বে আমরা জঙ্গলের ধারে এসে পৌঁছেছিলাম। জিম কার্টারের পরামর্শ মতো সেইখানেই আমরা রাত্রে বিশ্রামের জন্য তাঁবু খাটালাম। জিম জঙ্গলের কাঠ কুড়িয়ে আগুন জ্বাললে, আমি লাগলাম রান্নার কাজে। সকালের দিকে একজোড়া পাখি মেরেছিলাম, সেই পাখি ছাড়িয়ে তার রোস্ট করবো এই ছিল মতলব। পাখী ছাড়ানোর কাজে একটু ব্যস্ত আছি, এমন সময় জিম বল্লে— পাখী রাখো। দু'পেয়ালা কফি করো তো আগে।

আগুন জ্বালাই ছিল। জল গরম করতে দিয়ে আবার পাখি ছাড়াতে বসেছি, এমন সময় সিংহের গর্জ্জন একেবারে অতি নিকটে শোনা গেল। জিম বন্দুক নিয়ে বেরুল, আমি বল্লাম— অন্ধকার হয়ে আসছে, বেশি দূর যেও না। তারপরে আমি পাখি ছাড়াচ্ছি— কিছুদূরে জঙ্গলের বাইরেই দু'বার বন্দুকের আওয়াজ শুনলুম। একটুখানি থেমে আবার আর একটা আওয়াজ। তারপরেই

সব চুপ। মিনিট দশ কেটে গেল, জিম আসে না দেখে আমি নিজের রাইফেলটা নিয়ে যেদিক থেকে আওয়াজ এসেছিল, সেদিকে একটু যেতেই দেখি জিম আসচে— পেছনে কি একটা ভারী মতো টেনে আনচে। আমায় দেখে বল্লে— ভারী চমৎকার ছালখানা। জঙ্গলের ধারে ফেলে রাখলে হায়েনাতে সাবাড় করে দেবে। তাঁবুর কাছে টেনে নিয়ে যাই চল।

দু'জনে টেনে সিংহের প্রকান্ড দেহটা তাঁবুর আগুনের কাছে নিয়ে এসে ফেললাম। তারপর ক্রমে রাত হোল। খাওয়া দাওয়া সেরে আমরা শুয়ে পড়লুম।

অনেক রাত্রে সিংহের গর্জ্জনে ঘুম ভেঙে গেল। তাঁবু থেকে অল্প দূরেই সিংহ ডাকচে। অন্ধকারে বোঝা গেল না ঠিক কতদূরে। আমি রাইফেল নিয়ে বিছানায় উঠে বসলাম। জিম শুধু একবার বল্লে— সন্ধ্যাবেলার সেই সিংহটার জুড়ি।

বলেই সে নির্ব্বিকারভাবে পাশ ফিরে শুয়ে ঘুমিয়ে পড়ল। আমি তাঁবুর বাইরে এসে দেখি আগুন নিভে গিয়েছে। পাশে কাঠকুটো ছিল, তাই দিয়ে আবার জোর আগুন জ্বাললাম। তারপর আবার এসে শুয়ে পড়লাম।

পরদিন সকালে উঠে জঙ্গলের মধ্যে ঢুকে গেলাম। কিছুদূর গিয়ে কয়েকজন কাফিরের সঙ্গে দেখা হল। তারা হরিণ শিকার করতে এসেচে। আমরা তাদের তামাকের লোভ দেখিয়ে কুলী ও পথপ্রদর্শক হিসেবে সঙ্গে নিতে চাইলাম।

তারা বল্লে— তোমরা জানো না তাই ও কথা বলছ। এ জঙ্গলে মানুষ আসে না। যদি বাঁচতে চাও তো ফিরে যাও। ঐ পাহাড়ের শ্রেণী অপেক্ষাকৃত নীচু, ওটা পার হয়ে মধ্যে খানিকটা সমতল জায়গা আছে, ঘন বনে ঘেরা, তার ওদিকে আবার এর চেয়েও উঁচু পর্ব্বতশ্রেণী। ঐ বনের মধ্যে সমতল জায়গাটা বড়

বিপজ্জনক, ওখানে বুনিপ থাকে। বুনিপের হাতে পড়লে আর ফিরে আসতে হবে না। ওখানে কেউ যায় না। আমরা তামাকের লোভে ওখানে যাব মরতে? ভালো চাও তো তোমরাও যেও না।

আমরা জিজ্ঞেস করলাম— বুনিপ কি?

তারা জানে না। তবে তারা স্পষ্ট বুঝিয়ে দিলে বুনিপ কী না জানলেও, সে কি অনিষ্ট করতে পারে সেটা তারা খুব ভালো রকমই জানে।

ভয় আমাদের ধাতে ছিল না, জিম কার্টারের তো একেবারেই না। সে আরও বিশেষ করে জেদ ধরে বসল। এই বুনিপের রহস্য তাকে ভেদ করতেই হবে— হীরে পাই বা না পাই। মৃত্যু যে তাকে অলক্ষিতে টানচে তখনও যদি বুঝতে পারতাম।

বৃদ্ধ এই পর্যন্ত বলে একটু হাঁপিয়ে পড়ল। শঙ্করের মনে তখন অত্যন্ত কৌতূহল হয়েছে, এ ধরনের কথা সে আর কখনো শোনেনি। মুমূর্ষু ডিয়েগো আলভারেজের জীর্ণ পরিচ্ছদ ও শিরাবহুল হাতের দিকে চেয়ে, তার পাকা ভুরু জোড়ার নিচেকার ইস্পাতের মতো নীল দীপ্তিশীল চোখ দুটোর দিকে চেয়ে শঙ্করের মন শ্রদ্ধায় ভালোবাসায় ভরে উঠল।

সত্যিকারের মানুষ বটে একজন!

আলভারেজ বল্লে— আর এক গ্লাস জল।

জল পান করে বৃদ্ধ আবার বলতে শুরু করলে—

হ্যাঁ, তারপরে শোনো। ঘোর বনের মধ্যে আমরা প্রবেশ করলাম। কত বড় বড় গাছ, বড় বড় ফার্ন, কত বিচিত্র বর্ণের অর্কিড ও লায়ানা, স্থানে স্থানে সে বন নিবিড় ও দুষ্প্রবেশ্য। বড় বড় গাছের নীচেকার জঙ্গল এতই ঘন। বঁড়শির মতো কাঁটা গাছের গায়ে, মাথার উপরকার পাতায় পাতায় এমন জড়াজড়ি যে সূর্যের আলো কোনো জন্মে সে জঙ্গলে প্রবেশ করে কিনা সন্দেহ। আকাশ দেখা

যায় না। অত্যন্ত বেবুনের উত্পাত জঙ্গলের সর্বত্র, বড় গাছের ডালে দলে দলে শিশু, বালক, বৃদ্ধ, যুবা নানারকমের বেবুন বসে আছে— অনেক সময় দেখলাম মানুষের আগমন তারা গ্রাহ্য করে না। দাঁত খিঁচিয়ে ভয় দেখায়— দু-একটা বুড়ো সর্দার বেবুন সত্যিই হিংস্র প্রকৃতির, হাতে বন্দুক না থাকলে তারা অনায়াসেই আমাদের আক্রমণ করতো। জিম কার্টার বল্লে — অন্ততঃ আমাদের খাদ্যের অভাব হবে না কখনো এ জঙ্গলে।

সাত-আটদিন সেই নিবিড় জঙ্গলে কাটল। জিম কার্টার ঠিকই বলেছিল, প্রতিদিন একটা করে বেবুন আমাদের খাদ্য যোগান দিতে দেহপাত করতো। উঁচু পাহাড়টা থেকে জঙ্গলের নানাস্থানে ছোট বড় ঝরনা নেমে এসেচে, সুতরাং জলের অভাবও ঘটল না। একবার কিন্তু এতে বিপদও ঘটেছিল। একটা ঝরনার ধারে দুপুরবেলা এসে আগুন জ্বেলে বেবুনের দাপনা ঝলসাবার ব্যবস্থা করচি, জিম গিয়ে তৃষ্ণার ঝোঁকে ঝরনার জল পান করলে। তার একটু পরেই তার ক্রমাগত বমি হতে শুরু করল। পেটে ভয়ানক ব্যথা। আমি একটা বিজ্ঞান জানতাম, আমার সন্দেহ হওয়াতে ঝরনার জল পরীক্ষা করে দেখি, জলে খনিজ আর্সেনিক মেশানো আছে। উপর পাহাড়ের আর্সেনিকের স্তর ধুয়ে ঝরনা নেমে আসছে নিশ্চয়ই। হোমিওপ্যাথিক বাক্স থেকে প্রতিষেধক ওষুধ দিতে সন্ধ্যার দিকে জিম সুস্থ হয়ে উঠল।

বনের মধ্যে ঢুকে কেবল এক বেবুন ও মাঝে মাঝে দু-একটা বিষধর সাপ ছাড়া অন্য কোনো বন্যজন্তুর সঙ্গে আমাদের সাক্ষাৎ হয়নি। পাখি আর প্রজাপতির কথা অবশ্য বাদ দিলাম। কারণ এই সব ট্রপিক্যাল জঙ্গল ছাড়া এত বিচিত্র বর্ণ ও শ্রেণীর পাখি ও প্রজাপতি আর কোথাও দেখতে পাওয়া যাবে না। বিশেষ করে বন্যজন্তু বলতে যা বোঝায়, তারা সে পর্যায়ে পড়ে না।

প্রথমেই রিখটারসভেল্ড পর্ব্বতশ্রেণীর একটা শাখা পর্বত আমাদের সামনে পড়ল, সেটা মূল ও প্রধান পর্বতের সঙ্গে সমান্তরাল ভাবে অবস্থিত বটে, কিন্তু অপেক্ষাকৃত নীচু। সেটা পার হয়ে আমরা একটা বিস্তীর্ণ বনময় উপত্যকায় নেমে তাঁবু ফেললাম। নদী দেখে আমার ও জিমের আনন্দ হল, এই সব নদীর তীর থেকেই অনেক সময় খনিজ দ্রব্যের সন্ধান পাওয়া যায়।

নদীর নানাদিকে আমরা বালি পরীক্ষা করে বেড়াই, কিছুই কোথাও পাওয়া যায় না। সোনার একটা রেণু পর্য্যন্ত নেই নদীর বালিতে। আমরা ক্রমে হতাশ হয়ে পড়লুম। তখন প্রায় কুড়ি-বাইশদিন কেটে গিয়েচে। সন্ধ্যার সময় কফি খেতে খেতে জিম বল্লে — দেখ, আমার মন বলছে এখানে আমরা সোনার সন্ধান পাব। থাক এখানে আর কিছুদিন।

আরও কুড়িদিন কাটল। বেবুনের মাংস অসহ্য ও অত্যন্ত অরুচিকর হয়ে উঠেছে। জিমের মতো লোকও হতাশ হয়ে পড়ল। আমি বল্লাম — আর কেন জিম, চল ফিরি এবার। কাফির গ্রামে আমাদের ঠকিয়েছে। এখানে কিছু নেই।

জিম বল্লে — এই পর্ব্বতশ্রেণীর নানা শাখা আছে, সবগুলো না দেখে যাব না।

একদিন পাহাড়ী নদীটার খাতের ধারে বসে বালি চালতে চালতে পাথরের নুড়ির রাশির মধ্যে অর্ধপ্রোথিত একখানা হলদে রঙের ছোট পাথর আমি ও জিম একসঙ্গেই দেখতে পেলাম। আমাদের মুখ আনন্দ ও বিস্ময়ে উজ্জ্বল হয়ে উঠল। জিম বল্লে — ডিয়েগো, পরিশ্রম এতদিনে সার্থক হল, চিনেছ তো?

আমিও বুঝেছিলাম। বল্লাম — হ্যাঁ। কিন্তু জিনিসটা নদীস্রোতে ভেসে আসা। খনির অস্তিত্ব নেই এখানে।

পাথরখানা দক্ষিণ আফ্রিকার বিখ্যাত হলদে রঙের হীরের জাত। অবশ্য খুব আনন্দের কোনো কারণ ছিল না, কারণ এতে মাত্র এটাই প্রমাণ হয় যে, এই

বিশাল পর্ব্বতশ্রেণীর কোনো অজ্ঞাত, দুর্গম অঞ্চলে হলদে হীরের খনি আছে। নদীস্রোতে ভেসে এসেচে তা থেকে একটা স্তরের একটা টুকরো। সে মূল খনি খুঁজে বার করা অমানুষিক পরিশ্রম, ধৈর্য্য ও সাহস সাপেক্ষ।

সে পরিশ্রম, সাহস ও ধৈর্য্যের অভাব আমাদের ঘটতো না, কিন্তু যে দৈত্য ঐ রহস্যময় বনপর্ব্বতের অমূল্য হীরকখনির প্রহরী, সে সম্পূর্ণ অপ্রত্যাশিতভাবে আমাদের বাধা দিলে।

একদিন আমরা বনের মধ্যে একটা পরিষ্কার জায়গায় বসে সন্ধ্যার দিকে বিশ্রাম করছি, আমাদের সামনে সেই জায়গাটাতে একটা তালগাছ, তালগাছের তলায় গুঁড়িটা ঘিরে খুব ঘন বন-ঝোপ। হঠাৎ আমরা দেখলাম কিসে যেন অতবড় তালগাছটা এমন নাড়া দিচ্ছে যে, তার ওপরকারের শুকনো ডালপালাগুলো খড়খড় করে নড়ে উঠছে, যেমন নড়ে ঝড় লাগলে। গাছটাও সেই সঙ্গে নড়চে।

আমরা আশ্চর্য্য হয়ে গেলাম। বাতাস নেই কোনোদিকে, অথচ তালগাছটা নড়চে কেন? আমাদের মনে হোল কে যেন তালগাছের গুঁড়িটা ধরে ঝাঁকি দিচ্ছে। জিম তখনই ব্যাপারটা কি তা দেখতে গুঁড়ির তলায় সেই জঙ্গলটার মধ্যে ঢুকলো।

সে ওর মধ্যে ঢুকবার অল্পক্ষণ পরেই আমি একটা আর্ত্তনাদ শুনতে পেয়ে রাইফেল নিয়ে ছুটে গেলুম। ঝোপের মধ্যে ঢুকে দেখি জিম রক্তাক্ত দেহে বনের মধ্যে পড়ে আছে — কোনো ভীষণ বলবান জন্তুতে তার মুখের সামনে থেকে বুক পর্য্যন্ত ধারালো নখ দিয়ে চিরে ফেঁড়ে ফেলেচে — যেমন পুরাণো বালিশ ফেঁড়ে তুলো বার করে, তেমনি। জিম্ শুধু বল্লে— সাক্ষাৎ শয়তান! মূর্ত্তিমান শয়তান...

হাত দিয়ে ইঙ্গিত করে বল্লে— পালাও— পালাও-

তারপরেই জিম্ মারা গেল । তালগাছের গায়ে দেখি যেন কিসের মোটা, শক্ত চোঁচ লেগে আছে। আমার মনে হোল কোনো ভীষণ বলবান জানোয়ার তালগাছের গায়ে গা ঘষছিল, গাছটা ওরকম নড়ছিল সেই জন্যেই । জন্তুটার কোনো পাত্তা পেলাম না । জিমের দেহ ফাঁকা জায়গায় বার করে আমি রাইফেল হাতে ঝোপের ওপারে গেলাম । সেখানে গিয়ে দেখি মাটির ওপরে কোনো অজ্ঞাত জন্তুর পায়ের চিহ্ন, তার মোটে তিনটে আঙুল পায়ে । কিছুদূর গেলাম পায়ের চিহ্ন অনুসরণ করে, জঙ্গলের মধ্যে কিছুদূর গিয়ে গুহার মুখে পদচিহ্নটা ঢুকে গেল । গুহার প্রবেশ পথের কাছে শুকনো বালির ওপর ওই অজ্ঞাত ভয়ঙ্কর জানোয়ারটার বড় বড় তিন আঙুলে থাবার দাগ রয়েচে ।

তখন অন্ধকার হয়ে এসেছে । সেই জনহীন অরণ্যভূমি ও পর্ব্বতবেষ্টিত অজ্ঞাত উপত্যকায় একা দাঁড়িয়ে আমি এক অজ্ঞাততর ভীষণ বলবান জন্তুর অনুসরণ করচি । ডাইনে চেয়ে দেখি প্রায়ান্ধকার সন্ধ্যায় সুউচ্চ ব্যাসাল্টের দেওয়াল খাড়া উঠেচে প্রায় চার হাজার ফুট, বনে বনে নিবিড়, খুব উঁচুতে পর্ব্বতের বাঁশবনের মাথায় সামান্য যেন একটু রাঙা রোদ — কিম্বা হয়তো আমার চোখের ভুল, অনন্ত আকাশের আভা পড়ে থাকবে।

ভাবলাম— এ সময় গুহার মধ্যে ঢোকা বা এখানে দাঁড়িয়ে থাকা বিবেচনার কাজ হবে না । জিমের দেহ নিয়ে তাঁবুতে ফিরে এলুম । সারারাত তার মৃতদেহ নিয়ে আগুন জ্বেলে, রাইফেল্ তৈরি রেখে বসে রইলুম ।

পরদিন জিমকে সমাধিস্থ করে আবার ওই জানোয়ারটার খোঁজে বার হলাম । কিন্তু মুস্কিল এই যে, সে গুহা এবং সেই তালগাছটা পর্য্যন্ত অনেক খুঁজেও কিছুতেই বার করতে পারলুম না। ও রকম অনেক গুহা আছে পর্ব্বতের নানা জায়গায় । সন্ধ্যার অন্ধকারে কোন্ গুহা দেখেছিলাম কে জানে?

সঙ্গীহীন অবস্থায় সেই মহাদুর্গম রিখটারসভেল্ড পর্ব্বতশ্রেণীর বনের মধ্যে থাকা চলে না। পনেরো দিন হেঁটে সেই কাফির বস্তিতে পৌঁছুলাম। তারা চিনতে পারলে, খুব খাতির করলে। তাদের কাছে জিমের মৃত্যুকাহিনী বল্লুম।

শুনে তাদের মুখ ভয়ে কেমন হয়ে গেল— ছোট ছোট চোখ ভয়ে বড় হয়ে উঠল। বল্লে— সর্বনাশ! বুনিপ্। ওই ভয়েই ওখানে কেউ যায় না।

কাফির বস্তি থেকে আর পাঁচদিন হেঁটে অরেঞ্জ নদীর ধারে এসে একখানা ডাচ্ লঞ্চ পেলাম। তাতে করে এসে সভ্য জগতে পৌঁছুলাম। আমি আর কখনো রিখটারসভেল্ড পর্ব্বতের দিকে যেতে পারিনি। চেষ্টা করেছিলাম অনেক। কিন্তু বুয়র যুদ্ধ এসে পড়ল। যুদ্ধে গেলাম। আহত হয়ে প্রিটোরিয়ার হাসপাতালে অনেকদিন রইলাম। তারপর সেরে উঠে একটা কমলালেবুর বাগানে কাজ পেয়ে সেখানেই এতদিন ছিলাম।

বছর চার-পাঁচ শান্ত জীবন যাপন করবার পরে, ভালো লাগলো না, তাই আবার বার হয়েছিলাম। কিন্তু বয়স হয়ে গিয়েচে অনেক, ইয়্যাংম্যান, এবার আমার চলা বোধ হয় ফুরুবে।

এই ম্যাপখানা তুমি রাখো। এতে রিখটারসভেল্ড পর্ব্বত ও যে নদীতে আমরা হীরা পেয়েছিলাম, মোটামুটি ভাবে আঁকা আছে। সাহস থাকে, সেখানে যেও, বড় মানুষ হবে। বুয়র যুদ্ধের পর ওই অঞ্চলে ওয়াই নদীর ধারে দু-একটা ছোট বড় হীরার খনি বেরিয়েচে। কিন্তু আমরা যেখানে হীরা পেয়েছিলাম তার সন্ধান কেউ জানে না। যেও তুমি।

ডিয়েগো আলভারেজ গল্প শেষ করে আবার অবসন্ন ভাবে বালিশের গায়ে ভর দিয়ে শুয়ে পড়ল।

পাঁচ

শঙ্করের সেবা-শুশ্রুষার গুণে ডিয়েগো আলভারেজ সে যাত্রা সেরে উঠল এবং দিন পনেরো শঙ্কর তাকে নিজের কাছেই রাখলে। কিন্তু চিরকাল যে পথে পথে বেড়িয়ে এসেচে, ঘরে তার মন বসে না। একদিন সে যাবার জন্যে ব্যস্ত হয়ে পড়ল। শঙ্কর নিজের কর্ত্তব্য ঠিক করে ফেলেছিল। বল্লে— চল, তোমার অসুখের সময় যেসব কথা বলেছিলে, মনে আছে? সেই হলদে হীরের খনি?

অসুখের ঝোঁকে আলভারেজ যে সব কথা বলেছিল, এখন সে সম্বন্ধে বৃদ্ধ আর কোনো কথাটি বলে না। বেশীর ভাগ সময় চুপ করে কী যেন ভাবে। শঙ্করের কথার উত্তরে বৃদ্ধ বল্লে — আমিও কথাটা যে না ভেবে দেখেচি, তা মনে কোরো না। কিন্তু আলেয়ার পিছনে ছুটবার সাহস আছে তোমার?

শঙ্কর বল্লে— আছে কিনা তা দেখতে দোষ কি? আজই বলো তো মাভো ষ্টেশনে তার করে আমার বদলে অন্য লোক পাঠাতে বলি। আলভারেজ কিছুক্ষণ ভেবে বল্লে — কর তার। কিন্তু আগে বুঝে দেখ। যারা সোনা বা হীরে খুঁজে বেড়ায় তারা সব সময় তা পায় না। আমি আশি বছরের এক বুড়ো লোককে জানতাম, সে কখনো কিছু পায়নি। তবে প্রতিবারই বলতো — এইবার ঠিক সন্ধান পেয়েছি, এইবার পাব! আজীবন অস্ট্রেলিয়ার মরুভূমিতে আর আফ্রিকার ভেল্ডে প্রসপেকটিং করে বেড়িয়েচে।

আরও দিন দশেক পরে দু'জনে কিসুমু গিয়ে ভিক্টোরিয়া নায়ানজা হ্রদে ষ্টীমার চড়ে দক্ষিণ মুখে মোয়ানজার দিকে যাবে ঠিক করলে।

পথে এক জায়গায় বিস্তীর্ণ প্রান্তরে হাজার হাজার জেব্রা, জিরাফ, হরিণ চরতে দেখে শঙ্কর তো অবাক। এমন দৃশ্য সে আর কখনো দেখেনি।

জিরাফগুলো মানুষকে আদৌ ভয় করে না, পঞ্চাশ গজ তফাতে দাঁড়িয়ে ওদের চেয়ে চেয়ে দেখতে লাগল।

আলভারেজ বল্লে — আফ্রিকার জিরাফ মারবার জন্যে গভর্ণমেন্টের কাছ থেকে বিশেষ লাইসেন্স নিতে হয়। যে সে মারতে পারে না। সেইজন্যে মানুষকে ওদের তত ভয় নেই।

হরিণের দল কিন্তু বড় ভীরু, এক এক দলে দু-তিনশো হরিণ চরচে। ওদের দেখে ঘাস খাওয়া ফেলে মুখ তুলে একবার চাইলে, পরক্ষণেই মাঠের দূর প্রান্তের দিকে সবাই চার পা তুলে দৌড়।

কিসুমু থেকে ষ্টীমার ছাড়ল — এটা ব্রিটিশ ষ্টীমার, ওদের পয়সা কম বলে ডেকে যাচ্ছে। নিগ্রো মেয়েরা পিঠে ছেলেমেয়ে বেঁধে মুরগি নিয়ে ষ্টীমারে উঠেচে। মাসাই কুলীরা ছুটী নিয়ে দেশে যাচ্ছে, সঙ্গে নাইরোবি শহর থেকে কাঁচের পুঁতি, কম দামের খেলো আয়না, ছুরি প্রভৃতি নানা জিনিস। ষ্টীমার থেকে নেমে আবার ওরা পথ চলে। ভিক্টোরিয়া হ্রদের যে বন্দরে ওরা নামলে — তার নাম মোয়ানজা। এখান থেকে তিনশো মাইল দূরে ট্যাবোরা, সেখানে পৌঁছে কয়েক দিন বিশ্রাম করে ওরা যাবে টাঙ্গানিয়াকা হ্রদের তীরবর্তী উজিজি বন্দরে।

এই পথে যাবার সময় আলভারেজ বল্লে - টাঙ্গানিয়াকার মধ্য দিয়ে যাওয়া বড় বিপজ্জনক ব্যাপার। এখানে একরকম মাছি আছে তা কামড়ালে স্লিপিং সিকনেস হয়। স্লিপিং সিকনেসের মড়কে টাঙ্গানিয়াকা জনশূন্য হয়ে পড়েচে। মোয়ানজা থেকে ট্যাবোরার পথে সিংহের ভয়ও বেশী। প্রকৃত পক্ষে আফ্রিকার এই অঞ্চলও 'সিংহের রাজ্য' বলা চলে।

শহর থেকে দশ মাইল দূরে পথের ধারে একটা ছোট খড়ের বাংলো। সেখানে এক ইউরোপীয় শিকারী আশ্রয় নিয়েচে। আলভারেজকে সে খুব

খাতির করলে। শঙ্করকে দেখে বল্লে — একে পেলে কোথায়? এ তো হিন্দু! তোমার কুলী?

আলভারেজ বল্লে — আমার ছেলে।

সাহেব আশ্চর্য্য হয়ে বল্লে — কি রকম?

আলভারেজ আনুপূর্ব্বিক সব বর্ণনা করলে, তার রোগের কথা, শঙ্করের সেবা-শুশ্রূষার কথা। কেবল বল্লে না কোথায় যাচ্চে ও কী উদ্দেশ্যে যাচ্চে।

সাহেব হেসে বল্লে — বেশ ভালো। ওর মুখ দেখে মনে হয় ওর মনে সাহস ও দয়া দুই-ই আছে। ইস্ট ইন্ডিজের হিন্দুরা লোক হিসেবে ভালোই বটে। একবার ইউগান্ডাতে একজন শিখ আমার প্রতি এমন সুন্দর আতিথ্য দেখিয়েছিল, তা কখনও ভুলতে পারবো না। আজ তোমরা এস, রাত সামনে, আমার এখানেই রাত্রি যাপন কর। এটা গভর্ণমেন্টের ডাকবাংলো, আমিও তোমাদের মতো সারাদিন পথ চলে বিকেলের দিকে এসে উঠেচি।

সাহেবের একটি ছোট গ্রামোফোন ছিল, সন্ধ্যার পরে টিনবন্দী বিলাতী টোমাটোর ঝোল ও সার্ডিন মাছ সহযোগে সান্ধ্যভোজন সমাপ্ত করবার পরে সবাই বাংলোর বাইরে ক্যাম্প চেয়ারে শুয়ে রেকর্ডের পর রেকর্ড শুনে যাচ্চে, এমন সময় অল্প দূরে সিংহের গর্জ্জন শোনা গেল। বোধ হল মাটির কাছে মুখ নামিয়ে সিংহ গর্জ্জন করচে — কারণ মাটী যেন কেঁপে কেঁপে উঠচে।

সাহেব বল্লে — টাঙ্গানিয়াকায় বেজায় সিংহের উপদ্রব আর বড় হিংস্র এরা। প্রায় অধিকাংশই মানুষখেকো। মানুষের রক্তের আস্বাদ একবার পেয়েচে, এখন মানুষ ছাড়া আর কিছু চায় না।

শঙ্কর ভাবলে খুব সুসংবাদ বটে। ইউগান্ডা রেলওয়ে তৈরী হবার সময় সে সিংহের উপদ্রব কাকে বলে খুব ভালো করেই দেখেচে।

পরদিন সকালে ওরা আবার রওনা হল। সাহেব বলে দিলে সূর্য উঠে গেলে খুব সাবধানে থাকবে। স্লিপিং সিকনেসের মাছি রোদ উঠলেই জাগে, গায়ে যেন না বসে। দীর্ঘ দীর্ঘ ঘাসের বনের মধ্যে দিয়ে সুঁড়িপথ। আলভারেজ বল্লে — খুব সাবধান, এই সব ঘাসের বনেই সিংহের আড্ডা; বেশী পেছনে থেকো না।

আলভারেজের বন্দুক আছে, এই একটা ভরসা। আর একটা ভরসা এই যে আলভারেজ, যাকে বলে 'ক্র্যাকশট' তাই। অর্থাত্ তার গুলি বড় একটা ফসকায় না। কিন্তু অত বড় অব্যর্থ লক্ষ্য শিকারীর সঙ্গে থেকেও শঙ্কর বিশেষ ভরসা পেলে না, কারণ ইউগান্ডার অভিজ্ঞতা থেকে সে জানে, সিংহ যখন যাকে নেবে এমন সম্পূর্ণ অতর্কিতেই নেবে যে, পিঠের রাইফেলের চামড়ার স্ট্র্যাপ খুলবার অবকাশ পর্য্যন্ত দেবে না।

সেদিন সন্ধ্যা হবার ঘন্টাখানেক আগে দূর বিস্তীর্ণ প্রান্তরের মধ্যে রাত্রে বিশ্রামের জন্যে স্থান নির্ব্বাচন করে নিতে হল। আলভারেজ বল্লে — সামনে কোনো গ্রাম নেই। অন্ধকারের পর এখানে পথ চলা ঠিক নয়।

একটা সুবৃহৎ বাওবাব গাছের তলায় দু-টুকরো কেম্বিস ঝুলিয়ে ছোট্ট একটা তাঁবু খাটানো হল। কাঠকুটো কুড়িয়ে আগুন জ্বালিয়ে রাত্রের খাবার তৈরি করতে বসল শঙ্কর। তারপর সমস্ত দিন পরিশ্রমের পরে দু'জনেই শুয়ে ঘুমিয়ে পড়ল।

অনেক রাত্রে আলভারেজ ডাকলে — শঙ্কর, ওঠ।

শঙ্কর ধড়মড় করে বিছানায় উঠে বসল।

আলভারেজ বল্লে — কি একটা জানোয়ার তাঁবুর চারপাশে ঘুরচে, বন্দুক বাগিয়ে রাখো। সত্যিই একটা কোনো অজ্ঞাত বৃহৎ জন্তুর নিঃশ্বাসের শব্দ তাঁবুর পাতলা কেম্বিসের পর্দার বাইরে শোনা যাচ্ছে বটে। তাঁবুর সামনে

সন্ধ্যায় যে আগুন করা হয়েছিল, তার স্বল্পাবশিষ্ট আলোকে সুবৃহৎ বাওবাব গাছটা একটা ভীষণদর্শন দৈত্যের মতো দেখাচ্ছে। শঙ্কর বন্দুক নিয়ে বিছানা থেকে নামবার চেষ্টা করতে বৃদ্ধ বারণ করলে।

পরক্ষণেই জানোয়ারটা হুড়মুড় করে তাঁবুটা ঠেলে তাঁবুর মধ্যে ঢুকবার চেষ্টা করবার সঙ্গে সঙ্গে তাঁবুর পর্দার ভিতর থেকেই আলভারেজ পর পর দু'বার রাইফেল ছুঁড়লে। শব্দটা লক্ষ্য করে শঙ্করও সেই মুহূর্তে বন্দুক ওঠালে। কিন্তু শঙ্কর ঘোড়া টিপবার আগে আলভারেজের রাইফেল আর একবার আওয়াজ করে উঠল।

তারপরেই সব চুপ।

ওরা টর্চ্চ ফেলে সন্তর্পণে তাঁবুর বাইরে এসে দেখল তাঁবুর পুবদিকে বাইরের পর্দাটা খানিকটা ঠেলে ভিতরে ঢুকেছে এক প্রকান্ড সিংহ।

সেটা তখনো মরেনি, কিন্তু সাংঘাতিক আহত হয়েচে। আরও দু'বার গুলি খেয়ে সেটা শেষ নিঃশ্বাস ত্যাগ করলে।

আলভারেজ আকাশের নক্ষত্রের দিকে চেয়ে বল্লে — রাত এখনো অনেক। ওটা এখানে পড়ে থাক। চলো আমরা আমাদের ঘুম শেষ করি

দু'জনেই এসে শুয়ে পড়ল — একটু পরে শঙ্কর বিস্ময়ের সঙ্গে লক্ষ্য করলে আলভারেজের নাসিকা গর্জ্জন শুরু হয়েচে। শঙ্করের চোখে ঘুম এল না।

আধঘন্টা পরে শঙ্করের মনে হল, আলভারেজের নাসিকা গর্জ্জনের সঙ্গে পাল্লা দেবার জন্যে টাঙ্গানিয়াকা অঞ্চলের সমস্ত সিংহ যেন এক যোগে ডেকে উঠল। সে কি ভয়ানক সিংহের ডাক! ...আগেও শঙ্কর অনেকবার সিংহগর্জ্জন শুনেচে, কিন্তু এ রাত্রের সে ভীষণ বিরাট গর্জ্জন তার চিরকাল মনে ছিল। তাছাড়া ডাক তাঁবু থেকে বিশ হাতের মধ্যে।

আলভারেজ আবার জেগে উঠল। বল্লে — নাঃ, রাত্রে দেখছি একটু ঘুমুতে দিলে না। আগের সিংহটার জোড়া। সাবধানে থাকো। বড় পাজী জানোয়ার।

কি দুর্যোগের রাত্রি! তাঁবুর আগুনও তখন নিভু-নিভু। তার বাইরে তো ঘুটঘুটে অন্ধকার। পাতলা কেম্বিসের চটের মাত্র ব্যবধান — তার ওদিকে সাথীহারা পশু। বিরাট গর্জ্জন করতে করতে সেটা একবার তাঁবু থেকে দূরে যায়, আবার কাছে আসে, কখনো তাঁবু প্রদক্ষিণ করে।

ভোর হবার কিছু আগে সিংহটা সরে পড়লো। ওরাও তাঁবু তুলে আবার যাত্রা শুরু করলে।

ছয়

দিন পনেরো পরে শঙ্কর ও আলভারেজ উজিজি বন্দর থেকে ষ্টীমারে টাঙ্গানিয়াকা হ্রদে ভাসল। হ্রদ পার হয়ে আলবার্টভিল বলে একটা ছোট শহরে কিছু আবশ্যকীয় জিনিস কিনে নিল। এই শহর থেকে কাবালো পর্য্যন্ত বেলজিয়ান গভর্ণমেন্টের রেলপথ আছে। সেখান থেকে কঙ্গো নদীতে ষ্টীমারে চড়ে তিনদিনের পথ সানকিনি যেতে হবে, সানকিনিতে নেমে কঙ্গো নদীর পথ ছেড়ে, দক্ষিণ মুখে অজ্ঞাত বনজঙ্গল ও মরুভূমির দেশে প্রবেশ করতে হবে।

কাবালো অতি অপরিষ্কার স্থান, কতকগুলো বর্ণসঙ্কর পর্টুগিজ ও বেলজিয়ানের আড্ডা।

ষ্টেশনের বাইরে পা দিয়েচে এমন সময় একজন পর্টুগিজ ওর কাছে এসে বল্লে— হ্যালো, কোথায় যাবে? দেখছি নতুন লোক, আমায় চেনো না নিশ্চয়ই। আমার নাম আলবুকার্ক।

শঙ্কর চেয়ে দেখলে আলভারেজ তখনও ষ্টেশনের মধ্যে।

লোকটার চেহারা যেমন কর্কশ তেমনি কদাকার। কিন্তু সে ভীষণ জোয়ান, প্রায় সাত ফুটের কাছাকাছি লম্বা, শরীরের প্রত্যেকটি মাংসপেশী গুণে নেওয়া যায়, এমন সুদৃঢ় ও সুগঠিত।

শঙ্কর বল্লে— তোমার সঙ্গে পরিচিত হয়ে সুখী হলাম।

লোকটা বল্লে— তুমি দেখছি কালা আদমি, বোধহয় ইস্ট ইন্ডিজের। আমার সঙ্গে পোকার খেলবে চলো। শঙ্কর ওর কথা শুনে চটেছিল, বল্লে — তোমার সঙ্গে পোকার খেলবার আমার আগ্রহ নেই। সঙ্গে সঙ্গে সে এটাও বুঝলে, লোকটা পোকার খেলবার ছলে তার সর্বস্ব অপহরণ করতে চায়। পোকার একরকম তাসের জুয়াখেলা - শঙ্কর নাম জানলেও সে খেলা জীবনে

কখনো দেখেওনি, নাইরোবিতে সে জানতো বদমাইশ জুয়াড়িরা পোকার খেলবার ছল করে নতুন লোকের সর্ব্বনাশ করে। এটা এক ধরনের ডাকাতি।

শঙ্করের উত্তর শুনে পর্টুগিজ বদমাইশটা রেগে লাল হয়ে উঠল। তার চোখ দিয়ে যেন আগুন ঠিকরে বেরুতে চাইল। সে আরও কাছে ঘেঁষে এসে, দাঁতে দাঁত চেপে, অতি বিকৃত সুরে বললে — কী ? নিগার, কি বল্লি ? ইস্ট ইন্ডিজের তুলনায় তুই অত্যন্ত ফাজিল দেখছি। তোর ভবিষ্যতের মঙ্গলের জন্যে তোকে জানিয়ে দিই যে, তোর মতো কালা আদমিকে আলবুকার্ক এই রিভলবারের গুলিতে কাদাখোঁচা পাখির মতো ডজনে ডজনে মেরেচে। আমার নিয়ম হচ্চে এই শোন। কাবালোতে যারা নতুন লোক নামবে, তারা হয় আমার সঙ্গে পোকার খেলবে, নয়তো আমার সঙ্গে রিভলবারে দ্বন্দ্বযুদ্ধ করবে।

শঙ্কর দেখলে এই বদমাইশ লোকটার সঙ্গে রিভলবারের লড়াইয়ে নামলে মৃত্যু অনিবার্য্য। বদমাইশটা হচ্চে একজন ক্র্যাকশট গুন্ডা, আর সে কি? কাল পর্য্যন্ত রেলের নিরীহ কেরাণী ছিল। কিন্তু যুদ্ধ না করে যদি পোকারই খেলে তবে সর্বস্ব যাবে। হয়তো আধমিনিট কাল শঙ্করের দেরী হয়েচে উত্তর দিতে, লোকটা কোমরের চামড়ার হোলষ্টার থেকে নিমেষের মধ্যে রিভলবার বার করে শঙ্করের পেটের কাছে উঁচিয়ে বল্লে — যুদ্ধ না পোকার?

শঙ্করের মাথায় রক্ত উঠে গেল। ভীতুর মতো সে পাশবিক শক্তির কাছে মাথা নীচু করবে না, হোক মৃত্যু।

সে বলতে যাচ্চে — যুদ্ধ, এমন সময় পিছন থেকে ভয়ানক বাজখাঁই সুরে কে বল্লে — এই! সামলাও, গুলিতে মাথার চাঁদি উড়ল! দু'জনেই চমকে উঠে পিছনে চাইলে। আলভারেজ তার উইনচেস্টার রিপিটারটা বাগিয়ে, উঁচিয়ে, পর্টুগিজ বদমাইশটার মাথা লক্ষ্য করে দৃঢ়ভাবে দাঁড়িয়ে। শঙ্কর সুযোগ বুঝে চট করে পিস্তলের নলের উল্টোদিকে ঘুরে গেল। আলভারেজ বল্লে — বালকের সঙ্গে রিভলবার ডুয়েল? ছোঃ, তিন বলতে পিস্তল ফেলে দিবি—

এক— দুই— তিন—আলবুকার্কের শিথিল হাত থেকে পিস্তলটা মাটীতে পড়ে গেল।

আলভারেজ বল্লে — বালককে একা পেয়ে খুব বীরত্ব জাহির করছিলি, না? শঙ্কর ততক্ষণে পিস্তলটা মাটী থেকে কুড়িয়ে নিয়েচে। আলবুকার্ক একটু বিস্মিত হোল, আলভারেজ যে শঙ্করের দলের লোক, তা সে ভাবেওনি। সে হেসে বল্লে — আচ্ছা, মেট, কিছু মনে কোরো না, আমারই হার। দাও, আমার পিস্তলটা দাও ছোকরা। কোনো ভয় নেই, দাও। এসো হাতে হাত দাও। তুমিও মেট। আলবুকার্ক রাগ পুষে রাখে না। এসো, কাছেই আমার কেবিন, এক এক গ্লাস বিয়ার খেয়ে যাও।

আলভারেজ নিজের জাতের লোকের রক্ত চেনে। ও নিমন্ত্রণ গ্রহণ করে শঙ্করকে সঙ্গে নিয়ে আলবুকার্কের কেবিনে গেল। শঙ্কর বিয়ার খায় না শুনে তাকে কফি করে দিলে। প্রাণখোলা হাসি হেসে কত গল্প করলে, যেন কিছুই হয়নি।

শঙ্কর বাস্তবিকই লোকটার দিকে আকৃষ্ট হোল। কিছুক্ষণ আগের অপমান ও শত্রুতা যে এমন বেমালুম ভুলে গিয়ে, যাদের হাতে অপমানিত হয়েচে, তাদেরই সঙ্গে এমনি ধারা দিলখোলা হেসে খোশগল্প করতে পারে, পৃথিবীতে এ ধরনের লোক বেশি নেই।

পরদিন ওরা কাবালো থেকে স্টীমারে উঠল কঙ্গো নদী বেয়ে দক্ষিণ মুখে যাবার জন্যে। নদীর দুই তীরের দৃশ্যে শঙ্করের মন আনন্দে উৎফুল্ল হয়ে উঠল।

এ রকম অদ্ভুত বনজঙ্গলের দৃশ্য জীবনে কখনো সে দেখেনি। এতদিন সে যেখানে ছিল— আফ্রিকার সে অঞ্চলে এমন বন নেই, সে শুধু বিস্তীর্ণ প্রান্তর, প্রধানতঃ ঘাসের বন, মাঝে মাঝে বাবলা ও ইউকা গাছ। কিন্তু কঙ্গো নদী

বেয়ে স্টীমার যত অগ্রসর হয়, দু'ধারে নিবিড় বনানী, কত ধরনের মোটা মোটা লতা, বনের ফুল, বন্যপ্রকৃতি এখানে আত্মহারা, লীলাময়ী, আপনার সৌন্দর্য্য ও নিবিড় প্রাচুর্যে আপনি মুগ্ধ।

শঙ্করের মধ্যে যে সৌন্দর্য্যপ্রিয় ভাবুক মনটী ছিল, (হাজার হোক্ সে বাংলার মাটির ছেলে, ডিয়েগো আল্‌ভারেজর মত শুধু কঠিন প্রান স্বর্ণান্বেষী প্রস্‌পেক্টর নয়) এই রূপের মেলায় সে মুগ্ধ ও বিস্মিত হয়ে রাঙা অপরাহ্ণে ও দুপুর রোদে আপন মনে কত কি স্বপ্নজাল রচনা করে।

অনেক রাত্রে সবাই ঘুমিয়ে পড়ে, অচেনা তারাভরা বিদেশের আকাশের তলায় রহস্যময়ী বন্য প্রকৃতি তখন যেন জেগে উঠেছে - জঙ্গলের দিক থেকে কত বন্যজন্তুর ডাক কানে আসে, শঙ্করের চোখে ঘুম নেই, এই সৌন্দর্য বিভোর হয়ে, মধ্য আফ্রিকার নৈশ শীতলাকে তুচ্ছ করেও জেগে বসে থাকে।

ঐ জ্বলজ্বলে সপ্তর্ষিমণ্ডল - আকাশে অনেকদূরে তার ছোট্ট গ্রামের মাথায়ও আজ এমনি সপ্তর্ষিমণ্ডল উঠেছে, ওই রকম এক ফালি কৃষ্ণপক্ষের গভীর রাত্রির চাঁদও। সে সব পরিচিত আকাশ ছেড়ে কতদূরে তাকে যেতে হবে, কি এর পরিণতি কে জানে?

দুদিন পরে বোট এসে সান্‌কিনি পৌছুলো। সেখান থেকে ওরা আবার পদব্রজে রওনা হোল - জঙ্গল এদিকে বেশী নেই, কিন্তু দিগন্তপ্রসারী জনমানবহীন প্রান্তর ও অসংখ্য ছোট বড় পাহাড়, অধিকাংশ পাহাড় রুক্ষ ও বৃক্ষশূন্য, কোনো কোনো পাহাড়ে ইউফোর্‌বিয়া জাতীয় গাছের ঝোপ। কিন্তু শঙ্করের মনে হোল, আফ্রিকার এই অঞ্চলের দৃশ্য বড় অপ্রূপ। এতটা ফাঁকা জায়গা পেয়ে মন যেন হাঁফ ছেড়ে বাঁচে, সূর্য্যাস্তের রঙ, জ্যোৎস্নারাত্রির মায়া, এই দেশকে রাত্রে, অপরাহ্ণে রূপকথার পরীরাজ্য করে তোলে।

আল্‌ভারেজ বল্লে - এই ভেল্ড অঞ্চলে সব জায়গা দেখতে একরকম বলে পথ হারাবার সম্ভাবনা কিন্তু খুব বেশী।

কথাটা যেদিন বলা হোল, সেদিনই এক কাণ্ড ঘটল। জনহীন ভেল্ডে সূর্য্য অস্ত গেলে ওরা একটা ছোট পাহাড়ের আড়ালে তাঁবু খাটিয়ে আগুন জ্বাললে - শঙ্কর জল খুঁজতে বেরুল। সঙ্গে আলভারেজের বন্দুকটা নিয়ে গেল, কিন্তু মাত্র দুটী টোটা। আধঘন্টা এদিক ওদিক ঘুরে বেলাটুকু গেল, পাৎলা অন্ধকারে সমস্ত প্রান্তরকে ধীরে ধীরে আবৃত করে দিলে। শঙ্কর শপথ করে বলতে পারে, সে আধঘন্টার বেশী হাঁটেনি। হঠাৎ চারিধারে চেয়ে শঙ্করের কেমন একটা অস্বস্তি বোধ হোল, যেন কি একটী বিপদ বিপদ আসচে, তাঁবুতে ফেরা ভালো। দূরে দূরে ছোট বড় পাহাড়, একই রকম দেখতে সব দিক, কোনো চিহ্ন নেঈ, সব একাকার !

মিনিট পাঁচ ছয় হাঁটবার পরই শঙ্করের মনে হোল সে পথ হারিয়েছে। তখন আলভারেজের কথা তার মনে পড়ল। কিন্তু তখনও সে অনভিজ্ঞতার দরুন বিপদের গুরুত্বটা বুঝতে পারলে না। হেঁটেই যাচ্ছে,হেঁটেই যাচ্ছে - একবার মনে হয় সামনে, একবার মনে হয় বাঁয়ে, একবার মনে হয় ডাইনে। তাঁবুর আগুনের কুণ্ডটা দেখা যায় না কেন ? কোথায় সেই ছোট পাহাড়টা ?

দুঘন্টা হাঁটবার পরে শঙ্করের খুব ভয় হোল। ততক্ষণে সে বুঝেছে যে, সে সম্পূর্ণরূপে পথ হারিয়েছে এবং ভয়ানক বিপদগ্রস্ত। একা তাকে রোডেসিয়ার এই জনমানবশূণ্য, সিংহসঙ্কুল অজানা প্রান্তরে রাত কাটাতে হবে, - অনাহারে এবং এই কনকনে শীতে বিনা কম্বলে ও বিনা আগুনে। সঙ্গে একটা দেশলাই পর্য্যন্ত নেই।

ব্যাপারটা সংক্ষেপে এই দাঁড়ালো যে, পরদিন সন্ধ্যার অর্থাৎ পথ হারানোর চব্বিশ ঘন্টা পরে উদ্‌ভ্রান্ত তৃষ্ণায় মুমূর্ষু শঙ্করকে, ওদের তাঁবু থেকে প্রায় সাত মাইল দূরে, একটা ইউফোর্বিয়া গাছের তলা থেকে আল্‌ভারেজ উদ্ধার করে তাঁবুতে নিয়ে এল।

আল্‌ভারেজ বল্লে - তুমি যে পথ ধরেছিলে শঙ্কর, তোমাকে আজ খুঁজে বার করতে না পারলে তুমি গভীর থেকে গভীরতর মরুপ্রান্তরের মধ্যে গিয়ে পড়ে, কাল দুপুর নাগাদ তৃষ্ণায় প্রাণ হারাতে। এর আগে তোমার মত অনেকেই রোডেসিয়ার ভেল্ডে এ ভাবে মারা গিয়েছে। এ সব ভয়ানক জায়গা। তুমি আর কখনও তাঁবু থেকে ও রকম বেরিও না, কারণ তুমি আনাড়ি। মরুভূমিতে ভ্রমণের কৌশল তোমার জানা নেই। ডাঁহা মারা পড়বে। শঙ্কর বল্লে - আল্‌ভারেজ, তুমি দুবার আমার প্রাণ রক্ষা করলে, এ আমি ভুলবো না।

আল্‌ভারেজ বল্লে - ইয়াং ম্যান, ভুলে যাচ্ছ যে তার আগে তুমি আমার প্রাণ বাঁচিয়েছ। তুমি না থাকলে ইউগাণ্ডার তৃণভূমিতে আমার হাড়গুলো শাদা হয়ে আসতো এতদিন।

মাস দুই ধরে রোডেসিয়া ও এঙ্গোলার মধ্যবর্ত্তী বিস্তীর্ণ ভেল্ড্ অতিক্রম করে, অবশেষে দূরে মেঘের মত পর্ব্বতশ্রেণী দেখা গেল। আল্‌ভারেজ ম্যাপ মিলিয়ে বল্লে - ওই হচ্ছে আমাদের গন্তব্যস্থান, রিখটারস্‌ভেল্ড্ পর্ব্বত, এখনও এখান থেকে চল্লিশ মাইল হবে। আফ্রিকার এই সব খোলা জায়গায় অনেক দূর থেকে জিনিস দেখা যায়।

এ অঞ্চলে অনেক বাওবাব্ গাছ। শঙ্করের এ গাছ বড় ভাল লাগে - দূর থেকে যেন মনে হয় বট কি অশ্বত্থ গাছের মত কিন্তু কাছে গেলে দেখা, বাওবাব্ গাছ ছায়াবিরল অথচ বিশাল, আঁকা বাঁকা, সারা গায়ে যেন বড় বড় আঁচিল কি আব্ বেরিয়েছে, যেন আরব্য উপন্যাসের একটা বেঁটে, কুদর্শন, কুব্জ দৈত্য। বিস্তীর্ণ প্রান্তরে এখানে ওখানে প্রায় সর্ব্বত্রই দূরে নিকটে বড় বড় বাওবাব্ গাছ দাঁড়িয়ে।

একদিন সন্ধ্যাবেলার দুর্জয় শীতে তাঁবুর সামনে আগুন করে বসে আল্‌ভারেজ বল্লে - এই যে দেখ্‌চ, রোডেসিয়ার ভেল্ড্ অঞ্চল, এখানে হীরে ছড়ানো আছে সর্ব্বত্র, এটা হীরের খনির দেশ। কিম্বার্লি খনির নাম নিশ্চয়ই শুনেচ।

আরও অনেক ছোট খাটো খনি আছে, এখানে ওখানে ছোট বড় হীরের টুক্‌রো কত লোকে পেয়েছে, এখনও পায়।

কথা শেষ করেই বলে উঠল - ও কারা?

শঙ্কর সামনে বসে ওর কথা শুন্‌ছিল। বল্লে - কোথায় কে?

কিন্তু আল্‌ভারেজের তীক্ষ্নদৃষ্টি তার হাতের বন্দুকের গুলির মতই অব্যর্থ, একটু পরে তাঁবু থেকে দূরে অন্ধকারে কয়েকটী অস্পষ্ট মূর্ত্তি এদিকে এগিয়ে আসচে, শঙ্করের চোখে পড়ল। আল্‌ভারেজ বল্লে - শঙ্কর, বন্দুক নিয়ে এসো, চ্‌ট করে যাও, টোটা ভরে –

বন্দুক হাতে শঙ্কর বাইরে এসে দেখলে, আল্‌ভারেজ নিশ্চিন্ত মনে ধূমপান করচে, কিছুদূরে অজানা মূর্ত্তি কয়টী এখনও অন্ধকারের মধ্যে দিয়ে আসচে। একটু পরে তারা এসে তাঁবুর অগ্নিকুণ্ডের বাইরে দাঁড়ালো। শঙ্কর চেয়ে দেখলে আগন্তুক কয়েকটী কৃষ্ণবর্ণ, দীর্ঘকায় - তাদের হাতে কিছু নেই, পরণে লেংটি, গলায় সিংহের লোম, মাথায় পালক - সুগঠিত চেহারা, তাঁবুর আলোয় মনে হচ্ছিল, যেন কয়েকটী ব্রোঞ্জের মূর্ত্তি।

আল্‌ভারেজ জুলু ভাষায় বল্লে - কি চাও তোমরা?

ওদের মধ্যে কি কথাবার্ত্তা চল্‌ল, তার পরে ওরা সব মাটীর ওপর বসে পড়ল;

আল্‌ভারেজ বল্লে - শঙ্কর ওদের খেতে দাও –

তারপরে অনুচ্চস্বরে বল্লে - বড় বিপদ। খুব হুঁসিয়ার শঙ্কর।

টিনের খাবার খোলা হোল। সকলের সামনেই খাবার রাখলে শঙ্কর। আল্‌ভারেজও ওই সঙ্গে আবার খেতে বস্‌লো, যদিও সে ও শঙ্কর বুঝলে আল্‌ভারেজের কোন মতলব আছে, কিংবা এদেশের রীতি অতিথির সঙ্গে খেতে হয়।

আল্‌ভারেজ খেতে খেতে জুলু ভাষায় আগন্তুকদের সঙ্গে গল্প করচে, অনেকক্ষণ পরে খাওয়া শেষ করে ওরা চলে গেল। চলে যাবার আগে সবাইকে একটা করে সিগারেট দেওয়া হোল।

ওরা চলে গেলে আল্‌ভারেজ বল্লে - ওরা মাটাবেল্ জাতির লোক। ভয়ানক দুর্দান্ত, ব্রিটিশ গবর্ণমেন্টের সঙ্গে অনেকবার লড়েচে। শয়তানকেও ভয় করে না। ওরা সন্দেহ করেচে আমরা ওদের দেশে এসেচি হীরের খনির সন্ধানে। আমরা যে জায়গাটায় আছি, এটা ওদের একজন সর্দ্দারের রাজ্য। কোনো সভ্য গবর্ণমেন্টের আইন এখানে খাট্‌বে না। ধরবে আর নিয়ে গিয়ে পুড়িয়ে মারবে। চলো আমরা তাঁবু তুলে রওনা হই। শঙ্কর বল্লে - তবে তুমি বন্দুক আনতে বল্লে কেন?

আল্‌ভারেজ হেসে বল্লে - দেখো, ভেবেছিলুম যদি ওরা খেয়েও না ভোলে, কিংবা কথাবার্তায় বুঝতে পারি যে, ওদের মতলব খারাপ, ভোজনরত অবস্থাতেই ওদের গুলি করবো। এই দ্যাখো রিভলভার পেছনে রেখে তবে খেতে বসেছিলাম। এ কটাকে সাবাড় করে দিতাম। আমার নাম আল্‌ভারেজ - আমিও একসময়ে শয়তানকেও ভয় করতুম না, এখনও করিনে। ওদের হাতের মাছ মুখে পৌঁছোবার আগেই আমার পিস্তলের গুলি ওদের মাথার খুলি উড়িয়ে দিত।

আরও পাঁচ ছ'দিন পথ চলবার পরে একটা খুব বড় পর্ব্বতের পাদমূলের নিবিড় ট্রপিক্যাল অরণ্যানীর মধ্যে ওরা প্রবেশ করলে। স্থানটী যেমন নির্জ্জন, তেমনি বিশাল। সে বন দেখে শঙ্করের মনে হোল, একবার যদি সে এর মধ্যে পথ হারায়, সারাজীবন ঘুরলেও বার হয়ে আসবার সাধ্য তার হবে না। আল্‌ভারেজও তাকে সাবধান করে দিয়ে বল্লে - খুব হুঁসিয়ার শঙ্কর, বনে চলাফেরা যার অভ্যেস নেই, সে পদে পদে এই সব বনে পথ হারাবে। অনেক লোক

বেঘোরে পড়ে বনের মধ্যে মারা পড়ে। মরুভূমির মধ্যে যেমন পথ হারিয়ে ঘুরেছিলে, এর মধ্যেও ঠিক তেমনিই পথ হারিয়ে ঘুরেছিলে, এর মধ্যেও ঠিক তেমনিই পথ হারিয়ে ঘুরেছিলে, এর মধ্যেও ঠিক তেমনিই পথ হারাতে পারো। কারণ এখানে সবই একরকম, এক জায়গা থেকে আর এক জায়গাকে পৃথক করে চিনে নেবার কোনো চিহ্ন নেই। ভাল বুশ্‌ম্যান না হোলে পদে পদে বিপদে পড়তে হবে। বন্দুক না নিয়ে এক পা কোথাও যাবে না, এটাও যেন মনে থাকে। মধ্য আফ্রিকার বন সৌখীন ভ্রমণের পার্ক নয়।

শঙ্করকে তা না বল্লেও চলতো, কারণ এ সব অঞ্চল যে সখের পার্ক নয়, তা এর চেহারা দেখেই সে বুঝতে পেরেচে। সে জিজ্ঞেস্ করলে - তোমার সেই হলদে হীরের খনি কতদূরে ? এই তো রিখ্‌টারস্‌ভেল্ড্ পর্ব্বতমালা, ম্যাপে যতদূর বোঝা যাচ্ছে। আল্‌ভারেজ হেসে বল্লে - তোমার ধারণা নেই বল্লাম যে। আসল রিখ্‌টারস্‌ভেল্ডের এটা বাইরের থাক্। এ রকম আরও অনেক থাক্ আছে। সমস্ত অঞ্চলটা এত বিশাল যে পূবে সত্তর মাইল ও পশ্চিমদিকে একশো থেকে দেড়শো মাইল পর্য্যন্ত গেলেও এ বন ও পাহাড় শেষ হবে না। সর্ব্ব নিম্ন প্রস্ত চল্লিশ মাইল। সমস্ত জড়িয়ে আট ন' হাজার বর্গ মাইল সমস্ত রিখ্‌টারস্‌ভেল্ড্ পার্ব্বত্য অঞ্চল ও অরণ্য। এই বিশাল অজানা অঞ্চলের কোন্ খানটাতে এসেছিলুম আজ সাত আট বছর আগে, ঠিক সে জায়গাটা খুঁজে বার করা কি ছেলেখেলা, ইয়্যাং ম্যান্ ?

শঙ্কর বল্লে - এদিকে খাবার ফুরিয়েচে, শিকারের ব্যবস্থা দেখতে হয়, নইলে কাল থেকে বায়ুভক্ষণ ছাড়া উপায় নেই।

আল্‌ভারেজ বল্লে - কিছু ভেবো না। দেখচো না গাছে গাছে বেবুনের মেলা ? কিছু না মেলে বেবুনের দাপ্‌না ভাজা আর কফি দিয়ে দিব্যি ব্রেকফাষ্ট খাবো কাল থেকে। আজ আর নয়।

একটা বড় গাছের নীচে তাঁবু খাটিয়ে ওরা আগুন জ্বালালে। শঙ্কর রান্না করলে, আহারাদি শেষ করে যখন দুজনে আগুনের সামনে বসেছে, তখনও বেলা আছে। আলভারেজ কড়া তামাকের পাইপ টানতে টানতে বল্লে - জানো, শঙ্কর, আফ্রিকার এই সব অজানা অরণ্যে এখনও কত জানোয়ার আছে, যার খবর বিজ্ঞানশাস্ত্র রাখে না ? খুব কম সভ্য মানুষ এখানে এসেছে। ওকাপি বলে যে জানোয়ার সে তো প্রথম দেখা গেল ১৯০০ সালে। এক ধরণের বুনো শূওর আছে, যা সাধারণ বুনো শূওরের প্রায় তিনগুণ বড় আকারের। ১৮৮৮ সালে মোজেস কাউলে, পৃথিবী পর্যটক ও বড় শিকারী, সর্ব্বপ্রথম ওই বুনো শূওরের সন্ধান পান বেলজিয়াম কঙ্গোর লুয়ালাবু অরণ্যের মধ্যে। তিনি বহু কষ্টে একটা শিকারও করেন এবং নিউইয়র্ক প্রাণীবিদ্যা সংক্রান্ত মিউজিয়মে উপহার দেন। বিখ্যাত রোডেসিয়ান্ মন্‌ষ্টারের নাম শুনেচ ? শঙ্কর বল্লে - না, কি সেটা ?

- শোনো তবে। রোডেসিয়ার উত্তর সীমায় প্রকাণ্ড জলাভূমি আছে। ওদেশের অসভ্য জুলুদের মধ্যে অনেকেই এক অদ্ভুত ধরণের জানোয়ারকে এই জলাভূমিতে মাঝে মাঝে দেখেচে। ওরা বলে তার মাথা কুমীরের মত, গণ্ডারের মত তার শিং আছে, গলাটা অজগর সাপের মত লম্বা ও আঁসওয়ালা দেহটা জল হস্তীর মত, লেজটা কুমীরের মত। বিরাটদেহ এই জানোয়ারের প্রকৃতিও খুব হিংস্র। জল ছাড়া কখনো ডাঙায় এ জানোয়ারকে দেখা যায় নি। তবে এই সব অসভ্য দেশী লোকের অতিরঞ্জিত বিবরণ বিশ্বাস করা শক্ত।

কিন্তু ১৮৮০ সালে জেমস মার্টিন বলে একজন প্রস্‌পেক্টর রোডেসিয়ার এই অঞ্চলে বহুদিন ঘুরেছিলেন সোনার সন্ধানে। মিঃ মার্টিন আগে জেনারেল ম্যাথিউসের এডিকং ছিলেন, নিজে একজন ভালো ভূতত্ব ও প্রাণীতত্ববিদও ছিলেন। ইনি তাঁর ডায়েরীর মধ্যে রোডেসিয়ার এই অজ্ঞাত জানোয়ার দূর থেকে দেখেচেন বলে উল্লেখ করে গিয়েছেন। তিনিও বলেন,

জানোয়ারটা আকৃতিতে প্রাগৈতিহাসিক যুগের ডাইনোসর জাতীয় সরীসৃপের মত ও বেজায় বড়। কিন্তু তিনি জোর করে কিছু বলতে পারেন নি, কারণ খুব ভোরের কুয়াসার মধ্যে কোভিরাণ্ডো হ্রদের সীমানায় জলাভূমিতে আবছায়া ভাবে তিনি জানোয়ারটাকে দেখেছিলেন। জানোয়ারটার ঘোড়ার চিঁহিঁ ডাকের মত ডাক শুনেই তাঁর সঙ্গের জুলু চাকরগুলো ঊর্দ্ধশ্বাসে পালাতে পালাতে বল্লে - সাহেব পালাও, পালাও, ডিঙ্গোনেক ! ডিঙ্গোনেক ! ডিঙ্গোনেক ঐ জানোয়ারটার জুলু নাম। দু'তিন বছরে এক আধবার দেখা দেয় কি না দেয়, কিন্তু সেটা এতই হিংস্র যে, তার আবির্ভাব সে দেশের লোকের পক্ষে ভীষণ ভয়ের ব্যাপার। মিঃ মার্টিন বলেন, তিনি তাঁর ৩০৩ টোটা গোটা দুই উপরি উপরি ছুঁড়েছিলেন জানোয়ারটার দিকে। অতদূর থেকে তাক হোল না, রাইফেলের আওয়াজে সেটা সম্ভবতঃ জলে ডুব দিলে।

শঙ্কর বল্লে - তুমি কি করে জানলে এ সব ? মার্টিনের ডায়েরী ছাপানো হয়েছিল নাকি ?

- না, অনেকদিন আগে বুলাওয়েও ক্রনিকল কাগজে মিঃ মার্টিনের এই ঘটনাটা বেরিয়েছিল। আমি তখন সবে এদেশে এসেছি। রোডেসিয়া অঞ্চলে আমিও প্রস্‌পেক্‌টিং করে বেড়াতুম বলে জানোয়ারটার বিবরণ আমাকে খুব আকৃষ্ট করে। কাগজখানা অনেকদিন আমার কাছে রেখেও দিয়েছিলুম। তারপর কোথায় হারিয়ে গেল। ওরাই নাম দিয়েছিল জানোয়ারটার রোডেসিয়ান মনষ্টার।

শঙ্কর বল্লে, তুমি কোনো কিছু অদ্ভূত জানোয়ার দেখোনি ?

প্রশ্নটার সঙ্গে সঙ্গে একটা আশ্চর্য্য ব্যাপার ঘটল।

তখন সন্ধ্যার অন্ধকার ঘন হয়ে নেমে এসেছে। সেই আবছায়া আলো অন্ধকারের মধ্যে শঙ্করের মনে হোল - হয়তো শঙ্করের ভুল হতে পারে - কিন্তু শঙ্করের মনে হয় সে দেখলে আলভারেজ, দুর্দ্ধর্ষ ও নির্ভীক আলভারেজ, দুঁদে ও

অব্যর্থলক্ষ্য আলভারেজ, ওর প্রশ্ন শুনে চমকে উঠলো - এবং - এবং সেইটাই সকলের চেয়ে আশ্চর্য্য - যেন পরক্ষণেই শিউরে উঠল।

সঙ্গে সঙ্গে আলভারেজ যেন নিজের অজ্ঞাতসারেই চারি পাশের জনমানবহীন ঘন জঙ্গল ও রহস্যভরা দুরারোহ পর্বতমালার দিকে একবার চেয়ে দেখলে কোন কথা বল্লে না। যেন এই পর্ব্বতজঙ্গলে বহুকাল পরে এসে অতীতের কোনো বিভীষিকাময়ী পুরাতন ঘটনা ওর স্মৃতিটা ওর পক্ষে খুব প্রীতিকর নয়।

আলভারেজ ভয় পেয়েছে!

অবাক! আলভারেজের ভয়! শঙ্কর ভাবতেও পারে না! কিন্তু সেই ভয়টা অলক্ষিতে এসে শঙ্করের মনেও চেপে বসলো। এই সম্পূর্ণ অজানা বিচিত্র রহস্যময়ী বনানী, এই বিরাট পর্ব্বত প্রাচীর যেন এক গভীর রহস্যকে যুগ যুগ ধরে গোপন করে আসচে - যে বীর হও, যে নির্ভীক হও, এগিয়ে এসো সে - কিন্তু মৃত্যুপণে ক্রয় করতে হবে সে গহন রহস্যের সন্ধান। রিখটারসভেল্ড পর্ব্বতমালা ভারতবর্ষের দেবাত্মা নাগাধিরাজ হিমালয় নয় - এদেশের মাসাই, জুলু, মাটাবেল প্রভৃতি আদিম জাতির মতই ওর আত্মা নিষ্ঠুর, বর্বর, নরমাংসলোলুপ। সে কাউকে রেহাই দেবে না।

সাত

তারপর দিন দুই কেটে গেল। ওরা ক্রমশঃ গভীর থেকে গভীরতর জঙ্গলের মধ্যে প্রবেশ করলে। পথ কোথাও সমতল নয়, কেবল চড়াই আর উৎরাই, মাঝে মাঝে কর্কশ ও দীর্ঘ টুসক ঘাসের বন, জল প্রায় দুষ্প্রাপ্য, ঝরণা এক আধটা যদিও বা দেখা যায়, আলভারেজ তাদের জল ছুঁতেও দেয় না। দিব্যি স্ফটিকের মত নির্ম্মল জল পড়চে ঝরণা বেয়ে, সুশীতল ও লোভনীয়, তৃষ্ণার্ত্ত লোকের পক্ষে সে লোভ সম্বরণ করা বড়ই কঠিন - কিন্তু আলভারেজ জলের বদলে ঠাণ্ডা চা খাওয়াবে তবুও জল খেতে দেবে না। জলের তৃষ্ণা ঠাণ্ডা চায়ে দূর হয় না, তৃষ্ণার কষ্টই সব চেয়ে বেশী কষ্ট বলে মনে হচ্ছিল শঙ্করের। একস্থানে টুসক ঘাসের বন বেজায় ঘন। তার ওপরে চারিধার ঘিরে সেদিন কুয়াসাও খুব গভীর। হঠাৎ বেলা উঠলে নীচের কুয়াসা সরে গেল - সামনে চেয়ে শঙ্করের মনে হোল, খুব বড় একটা চড়াই তাদের পথ আগলে দাঁড়িয়ে, কত উঁচু সেটা তা জানা সম্ভব নয়, কারণ নিবিড় কুয়াসা কিংবা মেঘে তার ওপরের দিকটা সম্পূর্ণরূপে আবৃত। আলভারেজ বল্লে - রিখটারসভেল্ডের আসল রেঞ্জ।

শঙ্কর বল্লে - এটা পার হওয়া কি দরকার?

আলভারেজ বল্লে - এইজন্যে দরকার যে সেবার আমি আর জিম দক্ষিণ দিক থেকে এসেছিলুম এই পর্ব্বতশ্রেণীর পাদমূলে কিন্তু আসল রেঞ্জ পার হইনি। যে নদীর ধারে হলদে হীরে পাওয়া গিয়েছিল, তার গতি পূব থেকে পশ্চিমে। এবার আমরা যাচ্ছি উত্তর থেকে দক্ষিণে সুতরাং পর্ব্বত পার হোয়ে ওপারে না গেলে কি করে সেই নদীটার ঠিকানা করতে পারি।

শঙ্কর বল্লে - আজ যে রকম কুয়াসা হয়েছে দেখতে পাচ্ছি, তাতে একটু অপেক্ষা করা যাক না কেন? আর একটু বেলা বাড়ুক।

তাঁবু ফেলে আহারাদি সম্পন্ন করা হোল। বেলা বাড়লেও কুয়াসা তেমন কাটল না। শঙ্কর ঘুমিয়ে পড়ল তাঁবুর মধ্যে। ঘুম যখন ভাংল, বেলা তখন নেই। চোখ মুছতে মুছতে তাঁবুর বাইরে এসে সে দেখলে আলভারেজ চিন্তিত-মুখে ম্যাপ খুলে বসে আছে। শঙ্করকে দেখে বল্লে - শঙ্কর, আমাদের এখনও অনেক ভুগতে হবে। সামনে চেয়ে দেখ।

আলভারেজের কথার সঙ্গে সঙ্গে সামনের দিকে চাইতেই এক গম্ভীর দৃশ্য শঙ্করের চোখে পড়ল। কুয়াসা কখন কেটে গেছে, তার সামনে বিশাল রিখটারসভেল্ড পর্ব্বতের প্রধান থাক্ ধাপে ধাপে উঠে মনে হয় যেন আকাশে গিয়ে ঠেকেচে। পাহাড়ের কটিদেশ নিবিড় বিদ্যুৎগর্ভ মেঘপুঞ্জে আবৃত কিন্তু উচ্চতম শিখররাজি অস্তমান সূর্য্যের রাঙা আলোয় দেবালোকের কনকদেউলের মত বহুদূর নীল শূন্যে মাথা তুলে দাঁড়িয়ে।

কিন্তু সামনের পর্ব্বতাংশ সম্পূর্ণ দুরারোহ - শুধুই খাড়া খাড়া উত্তুঙ্গ শৃঙ্গ - কোথাও একটু ঢালু নেই। আলভারেজ বল্লে - এখান থেকে পাহাড়ে ওঠা সম্ভব নয়, শঙ্কর। দেখেই বুঝেচ নিশ্চয়। পাহাড়ের কোলে কোলে পশ্চিম দিকে চল। যেখানে ঢালু এবং নীচু পাবো, সেখান দিয়েই পাহাড় পার হতে হবে। কিন্তু এই দেড়শো মাইল লম্বা পর্ব্বতশ্রেণীর মধ্যে কোথায় সে রকম জায়গা আছে, এ খুঁজতেই তো এক মাসের ওপর যাবে দেখচি।

কিন্তু দিন পাঁচ ছয় পশ্চিম দিকে যাওয়ার পরে এমন একটা জায়গা পাওয়া গেল, যেখানে পর্ব্বতের গা বেশ ঢালু, সেখান দিয়ে পর্ব্বতে ওঠা চলতে পারে।

পরদিন খুব সকাল থেকে পর্ব্বতারোহণ শুরু হোল। শঙ্করের ঘড়িতে তখন বেলা সাড়ে ছ'টা। সাড়ে আটটা বাজতে না বাজতে শঙ্কর আর চলতে পারে না। যে যায়গাটা দিয়ে তারা উঠচে - সেখানে পর্ব্বতের খাড়াই চার

মাইলের মধ্যে উঠেচে ছ'হাজার ফুট, সুতরাং পথটা ঢালু হোলেও কি ভীষণ দুরারোহ তা সহজেই বোঝা যাবে। তা ছাড়া যতই ওপরে উঠচে, অরণ্য ততই নিবিড়তর, ঘন অন্ধকার চারিদিক, বেলা হয়েচে, রোদ উঠেচে, অথচ সূর্য্যের আলো ঢোকে নি জঙ্গলের মধ্যে - আকাশই চোখে পড়ে না তায় সূর্য্যের আলো।

পথ বলে কোনো জিনিস নেই। চোখের সামনে শুধুই গাছের গুঁড়ি যেন ধাপে ধাপে আকাশের দিকে উঠে চলেচে। কোথা থেকে জল পড়চে কে জানে, পায়ের নীচের প্রস্তর আর্দ্র ও পিচ্ছিল, প্রায় সর্ব্বত্রই পাথরের ওপর শেওলা-ধরা। পা পিছলে গেলে গড়িয়ে নীচের দিকে বহুদূর চলে গিয়ে তীক্ষ্ণ শিলাখণ্ডে আহত হতে হবে।

শঙ্কর বা আলভারেজ কারো মুখে কথা নেই। এই উত্তুঙ্গ পথে উঠবার কষ্টে দু'জনেই অবসন্ন, দু'জনেরই ঘন ঘন নিঃশ্বাস পড়চে। শঙ্করের কষ্ট আরও বেশী, বাংলার সমতল ভূমিতে আজন্ম মানুষ হয়েচে, পাহাড়ে ওঠার অভ্যাসই নেই কখনো।

শঙ্কর ভাবচে, আলভারেজ কখন বিশ্রাম করতে বলবে ? সে আর উঠতে পারচে না, কিন্তু যদিও সে মরেও যায়, একথা আলভারেজকে সে কখনই বলবে না, যে সে আর পারচে না। হয়তো তাতে আলভারেজ ভাববে, ইষ্ট ইণ্ডিজের মানুষগুলো দেখচি নিতান্ত অপদার্থ। এই মহাদুর্গম পর্ব্বত ও অরণ্যে সে ভারতের প্রতিনিধি - এমন কোনো কাজ সে করতে পারে না যাতে তার মাতৃভূমির মুখ ছোট হয়ে যায়।

বড় চমৎকার বন, যেন পরীর রাজ্য, মাঝে মাঝে ছোটখাটো ঝরণা বনের মধ্যে দিয়ে খুব ওপর থেকে নীচে নেমে যাচ্চে। গাছের ডালে ডালে নানা রঙের টিয়াপাখী চোখ ঝলসে দিয়ে উড়ে বেড়াচ্চে। বড় বড় ঘাসের মাথায় শাদা শাদা ফুল, অর্কিডের ফুল ঝুলচে গাছের ডালের গায়ে, গুঁড়ির গায়ে।

হঠাৎ শঙ্করের চোখ পড়ল, গাছের ডালে মাঝে মাঝে লম্বা দাড়ি গোঁপওয়ালা বালখিল্য মুনিদের মত ও কারা বসে রয়েচে। তারা সবাই চুপচাপ বসে, মুনিজনোচিত গাম্ভীর্য্যে ভরা। ব্যাপার কি ?

আলভারেজ বল্লে - ও কলোবাস জাতীয় মাদী বানর। পুরুষ জাতীয় কলোবাস বানরের দাড়ী গোঁফ নেই, স্ত্রী জাতীয় কলোবাস বানরের হাতখানেক লম্বা দাড়ী গোঁফ গজায় এবং তারা বড় গম্ভীর, দেখেই বুঝতে পাচ্চ।

ওদের কাণ্ড দেখে শঙ্কর হেসেই খুন।

পায়ের তলায় মাটীও নেই, পাথরও নেই - তাদের বদলে আছে শুধু পচা পাতা ও শুকনো গাছের গুঁড়ির স্তূপ। এই সব বনে শতাব্দীর পর শতাব্দী ধরে পাতার রাশি ঝরচে, পচে যাচ্ছে, তার ওপরে শেওলা পুরু হয়ে উঠচে, ছাতা গজাচ্ছে, তার ওপরে আবার নতুন-ঝরা পাতার রাশি, আবার পড়চে গাছের ডাল-পালা, গুঁড়ি। জায়গায় জায়গায় ষাট সত্তর গভীর হয়ে জমে রয়েচে এই পত্র স্তূপ।

আলভারেজ ওকে শিখিয়ে দিলে, এ সব জায়গায় খুব সাবধানে পা ফেলে চলতে হবে। এমন জায়গা আছে, যেখানে মানুষে চলতে চলতে ওই ঝরা পাতার রাশির মধ্যে ভুস করে ঢুকে ডুবে যেতে পারে, যেমন অতর্কিতে পথ চলতে চলতে প্রাচীন কূপের মধ্যে পড়ে যায়। উদ্ধার করা সম্ভব না হলে সে সব ক্ষেত্রে নিঃশ্বাস বন্ধ হয়ে মৃত্যু অনিবার্য্য।

শঙ্কর বল্লে - পথের গাছপালা না কাটলে আর তো ওঠা যাচ্চে না, বড় ঘন হয়ে উঠচে। ক্ষুরের মত ধারাল চওড়া এলিফ্যান্ট ঘাসের বন - যেন রোমান যুগের দ্বিধার তলোয়ার। তার মধ্যে দিয়ে যাবার সময় দুজনের কেহই নিরাপদ বলে ভাবচে না নিজেকে, দুহাত তফাতে কি আছে দেখা যায় না যখন, তখন সব রকম বিপদের সম্ভাবনাই তো রয়েচে। থাকতে পারে বাঘ, থাকতে পারে সিংহ, থাকতে পারে বিষাক্ত সাপ।

শঙ্কর লক্ষ্য করচে মাঝে মাঝে ডুগডুগি বা ঢোল বাজনার মত একটা শব্দ হচ্চে কোথায় যেন বনের মধ্যে। কোনো অসভ্য জাতির লোক ঢোল বাজাচ্চে নাকি? আলভারেজকে সে জিগ্যেস করলে।

আলভারেজ বল্লে - ঢোল নয়, বড় বেবুন কিংবা বনমানুষে বুক চাপড়ে ওই রকম শব্দ করে। মানুষ এখানে কোথা থেকে আসবে?

শঙ্কর বল্লে - তুমি যে বলেছিলে এ বনে গরিলা নেই?

- গরিলা সম্ভবতঃ নেই। আফ্রিকার মধ্যে বেলজিয়ান কঙ্গোর কিছু অঞ্চল, রাওয়েনজরী আল্পস বা ভিরুঙ্গা আগ্নেয় পর্ব্বতের অরণ্য ছাড়া অন্য কোথাও গরিলা আছে বলে তো জানা নেই। গরিলা ছাড়াও অন্য ধরণের বনমানুষে বুক চাপড়ে ও রকম আওয়াজ করতে পারে।

ওরা সাড়ে চার হাজার ফুটের ওপর উঠেচে। সেদিনের মত সেখানেই রাত্রির বিশ্রামের জন্য তাঁবু ফেলা হোল। একটা বিশাল সত্যিকার ট্রপিক্যাল অরণ্যের রাত্রিকালীন শব্দ এত বিচিত্র ধরণের ও এত ভীতিজনক যে সারারাত শঙ্কর চোখের পাতা বোজাতে পারলে না। শুধু ভয় নয়, ভয় মিশ্রিত একটা বিস্ময়।

কত রকমের শব্দ - হায়েনার হাসি, কলোবাস বানরের কর্কশ চীৎকার, বনমানুষের বুক চাপড়ানোর আওয়াজ, বাঘের ডাক - প্রকৃতির এই বিরাট নিজস্ব পশুশালায় রাত্রে কেউ ঘুমোয় না। সমস্ত অরণ্যটা এই গভীর রাত্রে যেন হঠাৎ ক্ষেপে উঠেচে। বছর কয়েক আগে খুব বড় একটা সার্কাসের দল এসে ওদের স্কুল-বোর্ডিংয়ের ছেলেরা রাত্রে ঘুমুতে পারতো না - শঙ্করের সেই কথা এখন মনে পড়ল। কিন্তু এ সবের চেয়েও মধ্যরাত্রে একদল বন্য হস্তীর বৃংহতী ধ্বনি তাঁবুর অত্যন্ত নিকটে শুনে শঙ্কর এমন ভয় পেয়ে গেল যে, আলভারেজকে তাড়াতাড়ি ঘুম থেকে ওঠালে। আলভারেজ বল্লে - আগুন জ্বলছে তাঁবুর বাইরে, কোনো ভয় নেই, ওরা ঘেঁসবে না এদিকে।

সকালে উঠে আবার ওপরে ওঠা সুরু। উঠচে, উঠচে - মাইলের পর মাইল বন্য বাঁশের অরণ্য, তার তলায় বুনো আদা। ওদের পথের একশো হাতের মধ্যে বাঁদিকের বাঁশবনের তলা দিয়ে একটা প্রকাণ্ড হস্তীযূথ কচি বাঁশের কোঁড় মড়্মড়্ করে ভাঙতে ভাঙতে চলে গেল।

পাঁচ হাজার ফুট ওপরে কত কি বন্য পুষ্পের মেলা - টকটকে লাল ইরিথ্রিনা প্রকাণ্ড গাছে ফুটেচে। পুষ্পিত ইপোমিয়া লতার ফুল দেখতে ঠিক বাংলাদেশের বনকমলী ফুলের মত কিন্তু রংটা অত গাঢ় বেগুনী নয়। শাদা ভেরোনিকা ঘন সুগন্ধে বাতাসকে ভারাক্রান্ত করেচে। বন্য কফির ফুল, রঙীন বেগোনিয়া। মেঘের রাজ্যে ফুলের বন, মাঝে মাঝে সাদা বেলুনের মত মেঘপুঞ্জ গাছপালার মগ্‌ডালে এসে আট্‌কাচ্চে - কখনও বা আরও নেমে এসে ভেরোনিকার বন ভিজিয়ে দিয়ে যাচ্চে।

সাড়ে সাত হাজার ফুটের ওপর থেকে বনের প্রকৃতি একেবারে বদলে গেল। এই পর্য্যন্ত উঠতে ওদের আরও দুদিন লেগেচে। আর অসহ্য কষ্ট, কোমর পিঠ ভেঙে পড়চে। এখানে বনানীর মূর্ত্তি বড় অদ্ভুত, প্রত্যেক গাছের গুঁড়ি ও শাখাপ্রশাখা পুরু শেওলা ঝুলচে - সে শেওলা কোথাও কোথাও এত লম্বা যে, গাছ থেকে ঝুলে প্রায় মাটীতে এসে ঠেকবার মত হয়েচে - বাতাসে সেগুলো আবার দোল খাচ্চে, তার ওপর কোথাও সূর্য্যের আলো নেই, সব সময়ই যেন গোধূলি। আর সবটা ঘিরে বিরাজ করচে এক অপার্থিব ধরণের নিস্তব্ধতা - বাতাস বইচে তারও শব্দ নেই, পাখীর কুজন নেই সে বনে - মানুষের গলার সুর নেই, কোনো জানোয়ারের ডাক নেই। যেন কোন অন্ধকার নরকে দীর্ঘশ্মশ্রু প্রেতের দলের মধ্যে এসে পড়েচে ওরা। সেদিন অপরাহ্নে যখন আলভারেজ তাঁবু ফেলে বিশ্রাম করবার হুকুম দিলে - তখন তাঁবুর বাইরে বসে এক পাত্র কফি খেতে খেতে শঙ্করের মনে হোল, এ যেন সৃষ্টির আদিম যুগের অরণ্যানী, পৃথিবীর উদ্ভিদজগৎ যখন কোনো একটা

সুনির্দ্দিষ্ট রূপ ও আকৃতি গ্রহণ করেনি, যে যুগে পৃথিবীর বুকে বিরাটকায় সরীসৃপের দল জগৎজোড়া বনজঙ্গলের নিবিড় অন্ধকারে ঘুরে বেড়াতো - সৃষ্টির সেই অতীত প্রভাতে সে যেন কোন যাদুমন্ত্রের বলে ফিরে গিয়েচে।

সন্ধ্যার পরেই সমগ্র বনানী নিবিড় অন্ধকারে আবৃত হোল। তাঁবুর বাইরে ওরা আগুন করেচে - সেই আলোর মণ্ডলীর বাইরে আর কিছু দেখা যায় না। এ বনের আশ্চর্য্য নিস্তব্ধতা শঙ্করকে বিস্মিত করেচে। বনানীর সেই বিচিত্র নৈশ শব্দ এখানে স্তব্ধ কেন? আলভারেজ চিন্তিত মুখে ম্যাপ দেখছিল। বল্লে - শোনো শঙ্কর, একটা কথা ভাবচি। আট হাজার ফুট উঠলাম, কিন্তু এখনও পর্ব্বতের সেই খাঁজটা পেলাম না যেটা দিয়ে আমরা রেঞ্জ পার হয়ে ওপারে যাবো। আর কত ওপরে উঠবো? যদি ধরো এই অংশে স্যাডলটা নাই থাকে?

শঙ্করের মনেও এ খটকা যে না জেগেচে তা নয়। সে আজই ওঠবার সময় মাঝে মাঝে ফিল্ড গ্ল্যাস দিয়ে ওপরের দিকে দেখবার চেষ্টা করেচে, কিন্তু ঘন মেঘে বা কুয়াশায় ওপরের দিকটা সর্ব্বদাই আবৃত থাকায় তার চেষ্টা ব্যর্থ হয়েছে। সত্যিই তো তারা কত উঠবে আর, সমতল খাঁজ যদি না পাওয়া যায়? আবার নীচে নামতে হবে, আবার অন্য জায়গা বেয়ে উঠতে হবে। দফা সারা।

সে বল্লে - ম্যাপে কি বলে?

আলভারেজের মুখ দেখে মনে হোল ম্যাপের ওপর সে আস্থা হারিয়েচে। বল্লে - এ ম্যাপ অত খুঁটিনাটি ভাবে তৈরী নয়। এ পর্ব্বতে উঠেচে কে যে ম্যাপ তৈরী হবে? এই যে দেখচো - এখানা সার ফিলিপো ডি ফিলিপির তৈরী ম্যাপ, যিনি পর্টুগিজ পশ্চিম আফ্রিকার ফার্ডিনাণ্ডো পো শৃঙ্গ আরোহণ করে খুব নাম করেন, এবং বছর কয়েক আগে বিখ্যাত পর্ব্বত আরোহণকারী পর্য্যটক ডিউক অফ আব্রুৎসির অভিযানেও যিনি ছিলেন। কিন্তু রিখটারসভেল্ড

তিনি ওঠেন নি, এ ম্যাপ পাহাড়ের যে কনটুর আঁকা আছে, তা খুব নিখুঁত বলে মনে হয় না। ঠিক বুঝচি নে।

হঠাৎ শঙ্কর বলে উঠল - ও কি ?

তাঁবুর বাইরে প্রথমে একটা অস্পষ্ট আওয়াজ, এবং পরক্ষণেই একটা কষ্টকর কাশির শব্দ পাওয়া গেল - যেন থাইসিসের রোগী খুব কষ্টে কাতর ভাবে কাশচে। একবার...দুবার...তারপরেই শব্দটা থেমে গেল। কিন্তু সেটা মানুষের গলার শব্দ নয়, শুনবা মাত্রেই শঙ্করের সে কথা মনে হোল।

রাইফেল নিয়ে সে ব্যস্তভাবে তাঁবুর বার হতে যাচ্চে, আলভারেজ তাড়াতাড়ি উঠে ওর হাত ধরে বসিয়ে দিলে। শঙ্কর আশ্চর্য্য হয়ে বল্লে - কেন, কিসের শব্দ ওটা?

কথা বলে আলভারেজের দিকে চাইতেই ও বিস্ময়ের সঙ্গে লক্ষ্য করলে আলভারেজের মুখ বিবর্ণ হয়ে গিয়েচে, শব্দটা শুনেই কি !

সঙ্গে সঙ্গে তাঁবুর অগ্নিকুণ্ডের মণ্ডলীর বাইরে নিবিড় অন্ধকারে একটা ভারী অথচ লঘুপদ জীব যেন বনজঙ্গলের মধ্যে দিয়ে চলে যাচ্ছে বেশ মনে হোল।

দুজনেই খানিকটা চুপচাপ, তারপরে আলভারেজ বল্লে - আগুনে কাঠ ফেলে দাও। বন্দুক দুটো ভরা আছে কি না দেখ। ওর মুখের ভাব দেখে শঙ্কর ওকে আর কোনো প্রশ্ন করতে সাহস করলে না।

রাত্রি কেটে গেল।

পরদিন সকালে শঙ্করেরই আগে ঘুম ভাঙল। তাঁবুর বাইরে এসে কফি করবার আগুন জ্বালতে সে তাঁবু থেকে কিছুদূরে কাঠ ভাঙতে গেল। হঠাৎ তার নজর পড়ল ভিজে মাটীর ওপর একটা পায়ের দাগ - লম্বায় দাগটা ১১ ইঞ্চির কম নয়, কিন্তু তিনটে মাত্র পায়ে আঙুল। তিন আঙুলেরই দাগ বেশ

স্পষ্ট। পায়ের দাগ ধরে সে এগিয়ে গেল - আরও অনেক গুলো সেই পায়ের দাগ আছে, সবগুলোতেই সেই তিন আঙুল।

শঙ্করের মনে পড়ল ইউগাণ্ডার ষ্টেশন ঘরে আলভারেজের মুখে শোনা জিম কার্টারের মৃত্যুকাহিনী। গুহার মুখে বালির ওপর সেই অজ্ঞাত হিংস্র জানোয়ারের তিন আঙুলওয়ালা পায়ের দাগ। কাফির গ্রামের সর্দ্দারের মুখে শোনা গল্প।

আলভারেজের কাল রাত্রের বিবর্ণ মুখও সঙ্গে সঙ্গে মনে পড়ল। আর একদিনও আলভারেজ ঠিক এই রকমই ভয় পেয়ে ছিল, যেদিন পর্ব্বতের পাদমূলে ওরা প্রথম এসে তাঁবু পাতে।

বুনিপ ! কাফির সর্দ্দারের গল্পের সেই বুনিপ ! রিখটারসভেল্ড পর্ব্বত ও অরণ্যের বিভীষিকা, যার ভয়ে শুধু অসভ্য মানুষ কেন, অন্য কোনো বন্য জন্তু পর্য্যন্ত এই আট হাজার ফুটের ওপরকার বনে আসে না। কাল রাত্রে কোনো জানোয়ারের শব্দ পাওয়া যায়নি কেন, এখন তা শঙ্করের কাছে পরিষ্কার হয়ে গেল। আলভারেজ পর্য্যন্ত ভয়ে বিবর্ণ হয়ে উঠেছিল ওর গলার শব্দ শুনে। বোধ হয় ও শব্দের সঙ্গে আলভারেজের পূর্ব্বে পরিচয় ঘটেছে।

আলভারেজের ঘুম ভাঙতে সেদিন একটু দেরী হোল। গরম কফি এবং কিছু খাদ্য গলাধঃকরণ করবার সঙ্গে সঙ্গে সে আবার সেই নির্ভীক ও দুদ্ধর্ষ আলভারেজ, যে মানুষকেও ভয় করে না, শয়তানকেও না। শঙ্কর ইচ্ছে করেই আলভারেজকে ঐ অজ্ঞাত জানোয়ারের পায়ের দাগটা দেখালে না - কি জানি যদি আলভারেজ বলে বসে - এখনও পাহাড়ের স্যাডল পাওয়া গেল না, তবে নেমে যাওয়া যাক।

সকালে সেদিন খুব মেঘ করে ঝম্ ঝম করে বৃষ্টি নামলো। পর্ব্বতের ঢালু বেয়ে যেন হাজার ঝরণার ধারায় বৃষ্টির জল গড়িয়ে নীচে নামচে। এই বন ও পাহাড় চোখে কেমন যেন ধাঁধা লাগিয়ে দেয়, এতটা উঠেচে ওরা কিন্তু

প্রতি হাজার ফুট ওপর থেকে নীচের অরণ্যের গাছপালার মাথা দেখে সেগুলিকে সমতলভূমির অরণ্য বলে ভ্রম হচ্ছে - কাজেই প্রথমটা মনে হয় যেন কতটুকুই বা উঠেচি, ঐটুকু তো।

বৃষ্টি সেদিন থামলো না - বেলা দশটা পর্য্যন্ত অপেক্ষা করে আলভারেজ উঠবার হুকুম দিলে। শঙ্কর এটা আশা করেনি। এখানে শঙ্কর কর্ম্মী শ্বেতাঙ্গ-চরিত্রের একটা দিক লক্ষ্য করলে। তার মনে হচ্ছিল, কেন এই বৃষ্টিতে মিছে মিছে বার হওয়া ? একটা দিনে কি এমন হবে ? বৃষ্টি-মাথায় পথ চলে লাভ ?

অবিশ্রান্ত বৃষ্টিধারার মধ্যে ঘন অরণ্যানী ভেদ করে সেদিন ওরা সারাদিন উঠল। উঠচে, উঠচে, উঠচেই - শঙ্কর আর পারে না। কাপড়-চোপড় জিনিস-পত্র, তাঁবু সব ভিজে একশা, একখানা রুমাল পর্য্যন্ত শুকনো নেই কোথাও - শঙ্করের কেমন একটা অবসাদ এসেচে দেহে ও মনে - সন্ধ্যার দিকে যখন সমগ্র পর্ব্বত ও অরণ্য মেঘের অন্ধকারে ও সন্ধ্যার অন্ধকারে একাকার হয়ে ভীমদর্শন ও গম্ভীর হয়ে উঠল, ওর তখন মনে হোল - এই অজানা দেশে অজানা পর্ব্বতের মাথায় ভয়ানক হিংস্রজন্তুসঙ্কুল বনের মধ্যে দিয়ে, বৃষ্টিমুখর সন্ধ্যায়, কোন অনির্দ্দেশ্য হীরকখনি বা তার চেয়েও অজানা মৃত্যুর অভিমুখে সে চলেছে কোথায় ? আলভারেজ কে তার ? তার পরামর্শে কেন সে এখানে এল ? হীরার খনিতে তার দরকার নেই। বাংলা দেশের খড়ে ছাওয়া ঘর, ছায়াভরা শান্ত গ্রাম্য পথ, ক্ষুদ্র নদী, পরিচিত পাখীদের কাকলী - সে সব যেন কতদূরের কোন্ অবাস্তব স্বপ্ন-রাজ্যের জিনিস, আফ্রিকার কোনো হীরকখনি তাদের চেয়ে মূল্যবান নয়।

কিন্তু তার এ ভাব কেটে গেল অনেক রাত্রে, যখন নির্ম্মেঘ আকাশে চাঁদ উঠল। সে অপার্থিব জ্যোৎস্নাময়ী রজনীর বর্ণনা নেই। শঙ্কর আর পৃথিবীতে নেই, বাংলা বলে কোনো দেশ নেই। সব স্বপ্ন হয়ে গিয়েচে - সে আর কোথাও ফিরতে চায় না, হীরা চায় না, অর্থ চায় না - পৃথিবীপৃষ্ঠ থেকে বহু ঊর্দ্ধে এক কৌমুদী-শুভ্র দেবলোকের এখন সে অধিবাসী, তার চারিধারে যে

সৌন্দর্য্য, কোনো মানুষের চোখ এর আগে তা কখনো দেখেনি । সে গহন নিস্তব্ধতা, এর আগে তা কোনো মানুষ অনুভব করেনি । জনমানবহীন বিশাল রিখটারসভেল্ড পর্ব্বত ও অরণ্য এই গভীর নিশীথে মেঘলোকে আসন পেতে আপনাতে আপনি আত্মস্থ, ধ্যানস্তিমিত - পৃথিবীর মানুষের সেখানে প্রবেশ লাভের সৌভাগ্য ক্বচিৎ ঘটে ।

সেই রাত্রে ঘুম থেকে ও ধড়মড়িয়ে উঠল আলভারেজের ডাকে । আলভারেজ ডাকচে - শঙ্কর, শঙ্কর, ওঠো বন্দুক বাগাও –

-কি-কি-

তারপর ও কাণ পেতে শুনলে - তাঁবুর চারিপাশে কে যেন ঘুরে ঘুরে বেড়াচ্ছে, তার জোরে নিঃশ্বাসের শব্দ শোনা যাচ্চে তাঁবুর মধ্যে থেকে । চাঁদ ঢলে পড়েচে, তাঁবুর বাইরে অন্ধকারই বেশী, জ্যোৎস্নাটুকু গাছের মগডালে উঠে গিয়েচে, কিছুই দেখা যাচ্চে না । তাঁবুর দরজার মুখে আগুন তখনও একটু একটু জ্বলচে - কিন্তু তার আলোর বৃত্ত যেমন ছোট, আলোর জ্যোতিও ততোধিক ক্ষীণ, তাতে দেখবার সাহায্য কিছুই হয় না ।

হুড়মুড় করে একটা শব্দ হোল - গাছপালা ভেঙে একটা ভারী জানোয়ার হঠাৎ ছুটে পালালো যেন । যেন তাঁবুর সকলে সজাগ হয়ে উঠেচে, এখন আর অতর্কিত শিকারের সুবিধে হবে না, বাইরের জানোয়ারটা তা বুঝতে পেরেচে ।

জানোয়ারটা যাই হোক না কেন , তার যেন বুদ্ধি আছে, বিচারের ক্ষমতা আছে, মস্তিষ্ক আছে ।

আলভারেজ রাইফেল হাতে টর্চ্চ জ্বেলে বাইরে গেল । শঙ্করও গেল ওর পেছনে পেছনে । টর্চ্চের আলোয় দেখা গেল, তাঁবুর উত্তর-পূর্ব্ব কোণের জঙ্গলের চারা গাছপালার ওপর দিয়ে যেন একটা ভারী ষ্টীম রোলার চলে গিয়েচে । আলভারেজ সেইদিকে বন্দুকের নল উঁচিয়ে বার দুই দেওড় করলো ।

কোনো দিকে কোনো শব্দ পাওয়া গেল না।

তাঁবুতে ফিরবার সময় তাঁবুর ঠিক দরজার মুখে আগুনের কুণ্ডের অতি নিকটেই একটা পায়ের দাগ দু'জনেরই চোখে পড়ল। তিনটা মাত্র আঙ্গুলের দাগ ভিজে মাটীর ওপর সুস্পষ্ট।

এতে প্রমাণ হয়, জানোয়ারটা আগুনকে ডরায় না। শঙ্করের মনে হোল, যদি ওদের ঘুম না ভাঙতো, তবে সেই অজ্ঞাত বিভীষিকাটী তাঁবুর মধ্যে ঢুকতে একটুও দ্বিধা করতো না - এবং তারপরে কি ঘটত তা কল্পনা করে কোনো লাভ নেই। আলভারেজ বল্লে - শঙ্কর, তুমি তোমার ঘুম শেষ করো, আমি জেগে আছি।

শঙ্কর বল্লে - না, তুমি ঘুমোও আলভারেজ।

আলভারেজ ক্ষীণ হাসি হেসে বল্লে - পাগল, তুমি জেগে কিছু করতে পারবে না, শঙ্কর। ঘুমিয়ে পড়ো, ঐ দেখ দূরে বিদ্যুৎ চমকাচ্চে, আবার ঝড় বৃষ্টি আসবে, রাত শেষ হয়ে আসচে, ঘুমোও। আমি বরং একটু কফি খাই।

রাত ভোর হবার সঙ্গে সঙ্গে এল মুষল ধারে বৃষ্টি, সঙ্গে সঙ্গে তেমনি বিদ্যুৎ, তেমনি মেঘগর্জ্জন। সে বৃষ্টি চলল সমানে সারাদিন, তার বিরাম নেই, বিশ্রাম নেই। শঙ্করের মনে হোল, পৃথিবীতে আজ প্রলয়ের বর্ষণ হয়েছে সুরু, প্রলয়ের দেবতা সৃষ্টি ভাসিয়ে দেবার সূচনা করেচেন বুঝি। বৃষ্টির বহর দেখে আলভারেজ পর্য্যন্ত দমে গিয়ে তাঁবু ওঠাবার নাম মুখে আনতে ভুলে গেল।

বৃষ্টি থামল যখন, তখন বিকাল পাঁচটা। বোধ হয়, বৃষ্টি না থামলেই ভাল ছিল, কারণ অমনি আলভারেজ চলা শুরু করবার হুকুম দিলে। বাঙ্গালী ছেলের স্বভাবতঃই মনে হয় - এখন অবেলায় যাওয়া কেন ? এত কি সময় বয়ে যাচ্চে ? কিন্তু আলভারেজের কাছে দিন, রাত, বর্ষা, রৌদ্র, জোৎস্না, অন্ধকার সব সমান। সে রাত্রে বর্ষাস্নাত বনভূমির মধ্যে দিয়ে মেঘভাঙা জোৎস্নার

আলোয় দু'জনে উঠচে, উঠচে - এমন সময় আলভারেজ পেছন থেকে বলে উঠল - শঙ্কর দাঁড়াও, ঐ দেখ –

আলভারেজ ফিল্ড গ্লাস্ দিয়ে ফুটফুটে জোৎস্নালোকে বাঁ পাশের পর্ব্বত-শিখরের দিকে চেয়ে দেখচে। শঙ্কর ওর হাত থেকে গ্লাসটা নিয়ে সে দিকে দৃষ্টি নিবদ্ধ করলে। হাঁ, সমতল খাঁজটা পাওয়া গিয়েচে! বেশী দূরেও নয়, মাইল দুইয়ের মধ্যে, বাঁদিক ঘেঁসে।

আলভারেজ হাসিমুখে বল্লে - দেখেচ স্যাডলটা? থামবার দরকার নেই, চল আজ রাত্রেই স্যাডলের ওপর পৌঁছে তাঁবু ফেলবো। শঙ্কর আর সত্যিই পারচে না। এ দুদ্ধর্ষ পর্টুগিজটার সঙ্গে হীরার সন্ধানে এসে সে কি ঝকমারী না করেচে! শঙ্কর জানে অভিযানের নিয়মনুযায়ী দলপতির হুকুমের ওপর কোনো কথা বলতে নেই। এখানে আলভারেজই দলপতি, তার আদেশ অমান্য করা চলবে না। কোথাও আইনে লিপিবদ্ধ না থাকলেও, পৃথিবীর ইতিহাসের বড় বড় অভিযানে সবাই এই নিয়ম মেনে চলে। সেও মানবে।

অবিশ্রান্ত হাঁটবার পরে সূর্য্যোদয়ের সঙ্গে সঙ্গে ওরা এসে স্যাডলে যখন উঠল - শঙ্করের তখন আর এক পাও চলবার শক্তি নেই।

স্যাডলটার বিস্তৃতি তিন মাইলের কম নয়, কখনো বা দুশো ফুট খাড়া উঠচে, কখনো বা চার পাঁচশো ফুট নেমে গেল একমাইলের মধ্যে, সুতরাং বেশ দুরারোহ - যতটুকু সমতল, ততটুকু শুধুই বড় বড় বনস্পতির জঙ্গল, ইরিথ্রিনা, পেনসিয়ানা, বিঠাগাছ, বাঁশ, বন্য আদা। বিচিত্র বর্ণের অর্কিডের ফুল ডালে ডালে। বেবুন ও কলোবাস্ বানর সর্ব্বত্র।

আরও দুদিন ধরে ক্রমাগত নামতে নামতে ওরা রিখটারসভেল্ড পর্ব্বতের আসল রেঞ্জের ওপারের উপত্যকায় গিয়ে পদার্পণ করলো। শঙ্করের মনে হোল, এদিকে জঙ্গল যেন আরও বেশী দুর্ভেদ্য ও বিচিত্র। আটলান্টিক মহাসাগরের দিক থেকে সমুদ্রবাষ্প উঠে কতক ধাক্কা খায় পশ্চিম আফ্রিকার

ক্যামেরুণ পর্ব্বতে, বাকীটা আটকায় বিশাল রিখটারসভেল্ডের দক্ষিণ সানুতে - সুতরাং বৃষ্টি এখানে হয় অজস্র, গাছপালার তেজও তেমনি।

দিন পনেরো ধরে সে বিরাট অরণ্যাকীর্ণ উপত্যকার সর্ব্বত্র দুজনে মিলে খুঁজেও আলভারেজ বর্ণিত পাহাড়ী নদীর কোনো ঠিকানা বার করতে পারলে না। ছোটখাটো ঝরণা দুএকটা উপত্যকার উপর দিয়ে বইচে বটে - কিন্তু আলভারেজ কেবলই ঘাড় নাড়ে আর বলে - এ সব নয়।

শঙ্কর বলে - তোমার ম্যাপ দেখো না ভালো করে? কিন্তু এখন দেখা যাচ্চে যে আলভারেজের ম্যাপের কোনো নিশ্চয়তা নেই। আলভারেজ বলে - ম্যাপ কি হবে? আমার মনে গভীর ভাবে আঁকা আছে সে নদী ও সে উপত্যকার ছবি - সে একবার দেখতে পেলেই তখুনি চিনে নেবো। এ সে জায়গায়ই নয়, এ উপত্যকাই নয়।

নিরুপায়। খোঁজো তবে।

একমাস কেটে গেল। পশ্চিম আফ্রিকায় বর্ষা নামল মার্চ্চ মাসের প্রথমে। সে কী ভয়ানক বর্ষা ! শঙ্কর তার কিছু নমুনা পেয়ে এসেচে রিখটারসভেল্ড পার হবার সময়ে। উপত্যকা ভেসে গেল পাহাড় থেকে নামা বড় বড় পার্ব্বত্য ঝরণার জলধারায়। তাঁবু ফেলবার স্থান নেই। একরাত্রে হঠাৎ অতিবর্ষণের ফলে ওদের তাঁবুর সামনের একটা নিরীহ ক্ষীণকায়া ঝরণা ধারা ভীমমূর্ত্তি ধারণ করে ওদের তাঁবুশুদ্ধ ওদের ভাসিয়ে নিয়ে যাবার যোগাড় করেছিল - আলভারেজের সজাগ ঘুমের জন্যে সে যাত্রা বিপদ কেটে গেল।

কিন্তু দিন যায় তো ক্ষণ যায় না। শঙ্কর একদিন ঘোর বিপদে পড়ল জঙ্গলের মধ্যে। সে বিপদটাও বড় অদ্ভূত ধরণের।

সেদিন আলভারেজ তাঁবুতে তার নিজের রাইফেল পরিষ্কার করছিল, সেটা শেষ করে রান্না করবে কথা ছিল। শঙ্কর রাইফেল হাতে বনের মধ্যে শিকারের সন্ধানে বার হয়েচে।

আলভারেজ বলে দিয়েচে তাকে এ বনে খুব সতর্ক হয়ে সাবধানে চলাফেরা করতে - আর বন্দুকের ম্যাগাজিনে সব সময় যেন কার্ট্রিজ ভরা থাকে। আর একটা খুব মূল্যবান উপদেশ দিয়েচে, সেটা এই - বনের মধ্যে বেড়াবার সময় হাতের কব্জিতে কম্পাস্ বেঁধে নিয়ে বেড়াবে এবং যে পথ দিয়ে যাবে, সে পথের ধারে গাছপালায় কোনো চিহ্ন রেখে যাবে, যাতে ফিরবার সময় সেই সব চিহ্ন ধরে আবার ঠিক ফিরতে পারো। নতুবা বিপদ অবশ্যম্ভাবী।

একদিন শঙ্কর স্প্রিংবক্ হরিণের সন্ধানে গভীর বনে চলে গিয়েচে। সকালে বেরিয়েছিল, ঘুরে ঘুরে ক্লান্ত হয়ে পড়ে একজায়গায় একটা গাছের তলায় সে একটু বিশ্রামের জন্যে বসল।

সেখানটাতে চারিধারেই বৃহৎ বৃহৎ বনস্পতির মেলা, আর সব গাছেই গুঁড়ি ও ডালপালা বেয়ে একপ্রকারের বড় বড় লতা উঠে তাদের ছোট ছোট পাতা দিয়ে এমনি নিবিড় ভাবে আষ্টেপৃষ্ঠে গাছগুলো জড়িয়েচে যে গুঁড়ির আসল রং দেখা যায় না। কাছেই একটা ছোট্ট জলার ধারে ঝাড়ে ঝাড়ে মারিপোসা লিলি ফুটে রয়েচে।

খানিকটা সেখানে বসবার পরে শঙ্করের মনে হোল তার কি একটা অস্বস্তি হচ্চে। কি ধরণের অস্বস্তি তা সে কিছু বুঝতে পারলে না - অথচ জায়গাটা ছেড়ে উঠে যাবারও ইচ্ছে হোল না - সে কান্তও বটে, আর জায়গাটাও বেশ আরামেরও বটে।

কিন্তু এ তার কি হোল ? তার সমস্ত শরীরে এত অবসাদ কোথা থেকে এল ? ম্যালেরিয়া জ্বরে ধরল নাকি ?

অবসাদটা কাটাবার জন্যে সে পকেট হাতড়ে একটা চুরুট বার করে ধরালে। কিসের একটা মিষ্টি মিষ্টি সুগন্ধ বাতাসে - শঙ্করের বেশ লাগচে গন্ধটা। একটু পরে দেশলাইটা মাটী থেকে কুড়িয়ে পকেটে রাখতে গিয়ে মনে হোল, হাতটা যেন তার নিজের নেই - যেন আর কারো হাত, তার মনের ইচ্ছায় সে হাত নড়ে না।

ক্রমে তার সর্ব্বশরীর যেন বেশ একটা আরাম দায়ক অবসাদে অবশ হয়ে পড়তে চাইল। কি হবে বৃথা ভ্রমণে, আলেয়ার পিছু পিছু বৃথা ছুটে, এই রকম বনের ঘন ছায়ায় নিভৃত লতাবিতানে অলস স্বপ্নে জীবনটা কাটিয়ে দেওয়ার চেয়ে সুখ আর কি আছে?

একবার তার মনে হোল, এই বেলা উঠে তাঁবুতে যাওয়া যাক, নতুবা তার কোনো একটা বিপদ ঘটবে যেন। একবার সে উঠবার চেষ্টাও করতে গেল, কিন্তু পরক্ষণেই তার দেহমনব্যাপী অবসাদের জয় হোল। অবসাদ নয়, যেন একটা মৃদুমধুর নেশার আনন্দ। সমস্ত জগৎ তার কাছে তুচ্ছ। সে নেশাটাই তার সারাদেহ অবশ করে আনচে ক্রমশঃ।

শঙ্কর গাছের শিকড়ে মাথা দিয়ে ভাল করেই শুয়ে পড়ল। বড় বড় কটন উড গাছের ডালে শাখায় আলোছায়ার রেখা বড় অস্পষ্ট, কাছেই কোথাও বন্য পেচকের ধ্বনি অনেকক্ষণ থেকে শোনা যাচ্ছিল, ক্রমে যেন তা ক্ষীণতর হয়ে আসচে। তারপরে কি হোল শঙ্কর আর কিছু জানে না।

আলভারেজ যখন বহু অনুসন্ধানের পর ওর অচৈতন্য দেহটা কটন্ উড্ জঙ্গলের ছায়ায় আবিষ্কার করলে, তখন বেলা বেশী নেই। প্রথমটা আলভারেজ মনে ভাবলে, এ নিশ্চয়ই সর্পাঘাত - কিন্তু দেহটা পরীক্ষা করে সর্পাঘাতের কোনো লক্ষণ দেখা গেল না। হঠাৎ মাথার ওপরকার ডালপালা ও চারিধারে গাছপালার দিকে নজর পড়তেই অভিজ্ঞ ভ্রমণকারী আলভারেজ ব্যাপারটা সব বুঝতে পারলে। সেখানটাতে সর্ব্বত্র অতি মারাত্মক বিষ-লতার

বন (Poison Ivy) - যার রসে আফ্রিকার অসভ্য মানুষেরা তীরের ফলা ডুবিয়ে নেয়। যার বাতাস এমনি সুগন্ধ বহন করে, কিন্তু নিঃশ্বাসের সঙ্গে বেশী মাত্রায় গ্রহণ করলে, অনেক সময় পক্ষাঘাত পর্য্যন্ত হতে পারে, মৃত্যু ঘটাও আশ্চর্য্য নয়।

তাঁবুতে এসে শঙ্কর দুতিন দিন শয্যাগত হয়ে রইল। সর্ব্বশরীর ফুলে ঢোল। মাথা যেন ফেটে যাচ্চে আর সর্ব্বদাই তৃষ্ণায় গলা কাঠ। আলভারেজ বলে - যদি তোমাকে সারা রাত ওখানে থাকতে হোত - তা হোলে সকালবেলা তোমাকে বাঁচানো কঠিন হোত।

একদিন একটা ঝরণার জলধারার বালুময় তীরে শঙ্কর হলদে রঙের কি দেখতে পেলে। আলভারেজ পাকা প্রসপেক্টর, সে এসে বালি ধুয়ে সোনার রেণু বার করলে - কিন্তু তাতে সে বিশেষ উৎসাহিত হোল না। সোনার পরিমাণ এত কম যে মজুরি পোষাবে না - এক-টন বালি ধুয়ে আউন্স তিনেক সোনা পাওয়া হয়তো যেতে পারে।

শঙ্কর বল্লে - বসে থেকে লাভ কি, তবু যা সোনা পাওয়া যায়, তিন আউন্স সোনার দামও তো কম নয়।

সে যেটাকে অত্যন্ত অদ্ভুত জিনিষ বলে মনে করেচে, অভিজ্ঞ প্রসপেক্টার আলভারেজের কাছে সেটা কিছুই নয়। তাছাড়া শঙ্করের মজুরির ধারণার সঙ্গে আলভারেজের মজুরির ধারণা মিল খায় না। শেষ পর্য্যন্ত ও কাজ শঙ্করকে ছেড়ে দিতে হোল।

ইতিমধ্যে ওরা মাসখানেক ধরে জঙ্গলের নানা অঞ্চলে বেড়ালে। আজ এখানে দুদিন তাঁবু পাতে, সেখান থেকে আর এক জায়গায় উঠে যায়, সেখানে কিছুদিন তন্ন তন্ন করে চারিধার দেখবার পরে আর এক জায়গায় উঠে যায়। সেদিন অরণ্যের একটা স্থানে ওরা নতুন পৌঁছে তাঁবু পেতেছে। শঙ্কর বন্দুক

নিয়ে দুএকটা পাখী শিকার করে সন্ধ্যায় তাঁবুতে ফিরে এসে দেখলে, আলভারেজ বসে চুরুট টানচে, তার মুখ দেখে মনে হোল সে উদ্বিগ্ন ও চিন্তিত।

শঙ্কর বল্লে - আমি বলি আলভারেজ, তুমিই যখন বার করতে পারলে না, তখন চলো ফিরি।

আলভারেজ বল্লে - নদীটা তো উড়ে যায় নি, এই বন পর্ব্বতের কোনো না কোনো অঞ্চলে সেটা নিশ্চয়ই আছে।

- তবে আমরা বার করতে পারচি নে কেন?

- আমাদের খোঁজা ঠিকমত হচ্চে না।

- বল কি আলভারেজ, ছমাস ধরে জঙ্গল চষে বেড়াচ্চি, আবার কাকে খোঁজা বলে?

আলভারেজ গম্ভীর মুখে বল্লে - কিন্তু মুস্কিল হয়েচে জানো, শঙ্কর? তোমাকে এখনও কথাটা বলি নি, শুনলে হয়তো খুব দমে যাবে বা ভয় পাবে। আচ্ছা তোমাকে একটা জিনিস দেখাই, এসো আমার সঙ্গে।

শঙ্কর অধির আগ্রহ ও কৌতূহলের সঙ্গে ওর পেছনে পেছনে চললো। ব্যাপারটা কি?

আলভারেজ একটু দূরে গিয়ে একটা বড় গাছের তলায় দাঁড়িয়ে বল্লে - শঙ্কর, আমরা আজই এখানে এসে তাঁবু পেতেছি, ঠিক তো?

শঙ্কর অবাক হয়ে বল্লে - এ কথার মানে কি? আজই তো এখানে এসেচি না আবার কবে এসেচি?

- আচ্ছা, এই গাছের গুঁড়ির কাছে সরে এসে দেখো তো? শঙ্কর এগিয়ে গিয়ে দেখলে, গুঁড়ির নরম ছাল ছুরি দিয়ে খুদে কে 'D.A.' লিখে রেখেচে - কিন্তু লেখাটা টাটকা নয়, অন্ততঃ মাসখানেকের পুরানো।

শঙ্কর ব্যাপারটা কিছু বুঝতে পারলে না। আলভারেজের মুখের দিকে চেয়ে রইল। আলঅভারেজ বল্লে - বুঝতে পারলে না? এই গাছে আমিই

মাসখানেক আগে আমার নামের অক্ষর দুটী খুদে রাখি। আমার মনে একটু সন্দেহ হয়। তুমি তো বুঝতে পারো না, তোমার কাছে সব বনই সমান। এর মানে এখন বুঝেচ ? আমরা চক্রাকারে বনের মধ্যে ঘুরচি। এ সব জায়গায় যখন এ রকম হয়, তখন তা থেকে উদ্ধার পাওয়া বেজায় শক্ত।

এতক্ষণে শঙ্কর বুঝলে ব্যাপারটা। বল্লে - তুমি বলতে চাও মাসখানেক আগে আমরা এখানে এসেছিলাম ?

-ঠিক তাই। বড় অরণ্যে বা মরুভূমিতে এই বিপদ ঘটে। একে বলে death circle, আমার মনে মাসখানেক আগে প্রথম সন্দেহ হয় যে, হয়তো আমরা death circle এ পড়েচি। সেটা পরীক্ষা করে দেখবার জন্যেই গাছের ছালে ঐ অক্ষর খুদে রাখি। আজ বনের মধ্যে বেড়াতে হঠাৎ চোখে পড়ল।

শঙ্কর বল্লে - আমাদের কম্পাসের কি হোল ? কম্পাস থাকতে দিকভুল হচ্ছে কি ভাবে রোজ রোজ ?

আলভারেজ বল্লে - আমার মনে হয় কম্পাস খারাপ হয়ে গিয়েচে। রিখটারসভেল্ড পার হবার সময় সেই যে ভয়ানক ঝড় ও বিদ্যুৎ হয়, তাতেই কি ভাবে ওর চৌম্বক শক্তি নষ্ট হয়ে গিয়েচে।

- তা হোলে আমাদের কম্পাস এখন অকেজো ?

- আমার তাই ধারণা। শঙ্কর দেখলে অবস্থা নিতান্ত মন্দ নয়। ম্যাপ ভুল, কম্পাস অকেজো, তার ওপর ওরা পড়েচে এক ভীষণ দুর্গম গহণারণ্যের মাঝে বিষম মরণ ঘূর্ণীতে। জনমানুষ নেই, খাবার নেই, জলও নেই বল্লেই হয়, কারণ যেখানকার সেখানকার জল যখন পানের উপযুক্ত নয়। থাকার মধ্যে আছে এক ভীষণ, অজ্ঞাত মৃত্যুর ভয়। জিম কার্টার এই অভিশপ্ত অরণ্যানীর মধ্যে রত্নের লোভে এসে প্রাণ দিয়েছিল, এখানে কারো মঙ্গল হবে বলে মনে হয় না।

আলভারেজ কিন্তু দমে যাবার পাত্রই নয়। সে দিনের পর দিন চলল বনের মধ্যে দিয়ে। বনের কোনো কূল-কিনারা পায় না শঙ্কর, আগে যাও বা ছিল, ঘূর্ণীপাকে তারা ঘুরচে শোনা অবধি, শঙ্করের দিক সম্বন্ধে জ্ঞান একেবার লোপ পেয়েচে।

দিন তিনেক পরে ওরা একটী জায়গায় এসে উপস্থিত হোল, সেখানে রিখটারসভেল্ডের একটী শাখা আসল পর্ব্বতমালার সঙ্গে সমকোণ করে উত্তর দিকে লম্বালম্বি হয়ে আছে। খুব কম হোলেও সেটা ৪০০০ হাজার ফুট উঁচু। আরও পশ্চিম দিকে একটা খুব উঁচু পর্ব্বতচূড়া ঘন মেঘের আড়ালে লুকোচুরি খেলছে। দুই পাহাড়ের মধ্যেকার উপত্যকা তিন মাইল বিস্তীর্ণ হবে এবং এই উপত্যকা খুব ঘন জঙ্গলে ভরা।

বনে গাছপালার যেন তিনটে চারটে থাক্। সকলের উপরের থাকে শুধুই পরগাছা আর শেওলা, মাঝের থাকে ছোট বড় বনস্পতির ভিড়, নিচের থাকে ঝোপঝাপ, ছোট ছোট গাছ। সূর্যের আলোর বালাই নেই বনের মধ্যে।

আলভারেজ বনের মধ্যে না ঢুকে বনের ধারেই তাঁবু ফেলতে বললে। সন্ধ্যার সময় ওরা কফি খেতে খেতে পরামর্শ করতে বসল যে, এখন কি করা যাবে। খাবার একদম ফুরিয়েছে, চিনি অনেকদিন থেকেই নেই, সম্প্রতি দেখা যাচ্ছে আর দু-এক দিন পরে কফিও শেষ হবে। সামান্য কিছু ময়দা এখনো আছে— কিন্তু আর কিছুই নেই। ময়দা এই জন্যে আছে যে, ওরা ও জিনিসটা কালেভদ্রে ব্যবহার করে। ওদের প্রধান ভরসা বন্য জন্তুর মাংস, কিন্তু সঙ্গে যখন ওদের গুলি বারুদের কারখানা নেই, তখন শিকারের ভরসাই বা চিরকাল করা যায় কি করে?

কথা বলতে বলতে শঙ্কর দূরের যে পাহাড়ের চূড়াটা মেঘের আড়ালে লুকোচুরি খেলছে, সেদিকে মাঝে মাঝে চেয়ে দেখছিল। এই সময়ে অল্পক্ষণের

জন্যে মেঘ সম্পূর্ণ সরে গেল। চূড়াটার অদ্ভুত চেহারা, যেন কুলফি বরফের আগার দিকটা কে এক কামড়ে খেয়ে ফেলেছে।

আলভারেজ বললে— এখান থেকে দক্ষিণ-পূর্ব দিকে বুলাওয়েও কি সলস্‌বেরি চারশো থেকে পাঁচশো মাইলের মধ্যে। মধ্যে শ-দুই মাইল মরুভূমি। পশ্চিম দিকে উপকূল তিনশো মাইলের মধ্যে বটে, কিন্তু পর্তুগিজ পশ্চিম আফ্রিকা অতি ভীষণ দুর্গম জঙ্গলে ভরা, সুতরাং সেদিকের কথা বাদ দাও। এখন আমাদের উপায় হচ্ছে, হয় তুমি নয় আমি সলস্‌বেরি কি বুলাওয়েও চলে গিয়ে টোটা ও খাবার কিনে আনি। কম্পাসও চাই।

আলভারেজের মুখে এই কথাটা বড় শুভক্ষণে শঙ্কর শুনেছিল। দৈব মানুষের জীবনে যে কত কাজ করে, তা মানুষে কি সব সময় বোঝে? দৈবক্রমে 'বুলাওয়েও' এবং 'সলস্‌বেরি' দুটো শহরের নাম, তাদের অবস্থানের দিক ও এই জায়গাটা থেকে তাদের আনুমানিক দূরত্ব শঙ্করের কানে গেল। এর পরে সে কতবার মনে মনে আলভারেজকে ধন্যবাদ দিয়েছিল এই নাম দুটো বলবার জন্যে।

কথাবার্তা সেদিন বেশি অগ্রসর হল না। দু'জনেই পরিশ্রান্ত ছিল, সকাল সকাল শয্যা আশ্রয় করলে।

আট

মাঝ-রাত্রে শঙ্করের ঘুম ভেঙে গেল। কি একটা শব্দ হচ্ছে ঘন বনের মধ্যে, কি একটা কান্ড কোথায় ঘটচে বনে। আলভারেজও বিছানায় উঠে বসেচে। দু'জনেই কান-খাড়া করে শুনলে— বড় অদ্ভুত ব্যাপার ! কি হচ্ছে বাইরে?

শঙ্কর তাড়াতাড়ি টর্চ্চ জ্বেলে বাইরে আসছিল, আলভারেজ বারণ করলে। বল্লে— এসব অজানা জঙ্গলে রাত্রিবেলা ওরকম তাড়াতাড়ি তাঁবুর বাইরে যেও না। তোমাকে অনেকবার সতর্ক করে দিয়েচি। বিনা বন্দুকেই বা যাচ্ছ কোথায় ?

তাঁবুর বাইরে রাত্রি ঘুটঘুটে অন্ধকার। দু'জনেই টর্চ্চ ফেলে দেখলে—

বন্য-জন্তুর দল গাছ-পালা ভেঙ্গে ঊর্দ্ধশ্বাসে উন্মত্তের মত দিকবিদিক জ্ঞানশূন্য হয়ে ছুটে পশ্চিমের সেই ভীষণ জঙ্গল থেকে বেরিয়ে, পুবদিকের পাহাড়টার দিকে চলেচে ! হায়েনা, বেবুন, বুনো মহিষ। দুটো চিতাবাঘ তো ওদের গা ঘেঁষে ছুটে পালালো। আরও আসচে... দলে দলে আসচে... ধাড়ী ও মাদী কলোবাস বাঁদর দলে দলে ছানাপোনা নিয়ে ছুটেচে। সবাই যেন কোনো আকস্মিক বিপদের মুখ থেকে প্রাণের ভয়ে ছুটচে ! আর সঙ্গে সঙ্গে দূরে কোথায় একটা অদ্ভুত শব্দ হচ্ছে— চাপা, গম্ভীর, মেঘগর্জ্জনের মতো শব্দটা, কিংবা দূরে কোথাও হাজারটা জয়ঢাক যেন এক সঙ্গে বাজচে !

ব্যাপার কী ! দু'জনে দু'জনের মুখের দিকে চাইলে। দু'জনেই অবাক। আলভারেজ বল্লে— শঙ্কর, আগুনটা ভালো করে জ্বালো, নয়তো বন্যজন্তুর দল আমাদের তাঁবুসুদ্ধ ভেঙে মাড়িয়ে চলে যাবে।

জন্তুদের সংখ্যা ক্রমেই বেড়ে চলল যে ! মাথার ওপরেও পাখির দল বাসা ছেড়ে পালাচ্চে । প্রকান্ড একটা স্প্রিংবক হরিণের দল ওদের দশ গজের মধ্যে এসে পড়ল ।

কিন্তু ওরা দু'জনে তখন এমন হতভম্ব হয়ে গিয়েচে ব্যাপার দেখে যে, এত কাছে পেয়েও গুলি করতে ভুলে গেল । এমন ধরনের দৃশ্য ওরা জীবনে কখনো দেখেনি !

শঙ্কর আলভারেজকে কি একটা জিজ্ঞেস করতে যাবে, তারপরেই— প্রলয় ঘটল । অন্ততঃ শঙ্করের তো তাই বলে মনে হলো । সমস্ত পৃথিবীটা দুলে এমন কেঁপে উঠল যে, ওরা দু'জনেই টলে পড়ে গেল মাটীতে, সঙ্গে সঙ্গে হাজারটা বাজ যেন নিকটেই কোথাও পড়ল । মাটী যেন চিরে ফেঁড়ে গেল— আকাশটাও যেন সেই সঙ্গে ফাটলো ।

আলভারেজ মাটী থেকে উঠবার চেষ্টা করতে করতে বল্লে— ভূমিকম্প !

কিন্তু পরক্ষণেই তারা দেখে বিস্মিত হোল, রাত্রির অমন ঘুটঘুটে অন্ধকার হঠাৎ দূর হয়ে, পঞ্চাশহাজার বাতির এমন বিজলি আলো জ্বলে উঠল কোথা থেকে ?

তারপর তাদের নজরে পড়ল, দূরের সেই পাহাড়ের চূড়াটার দিকে । সেখানে যেন একটা প্রকান্ড অগ্নিলীলা শুরু হয়েচে । রাঙা হয়ে উঠেচে সমস্ত দিগন্ত সেই প্রলয়ের আলোয়, আগুন-রাঙা মেঘ ফুঁসিয়ে উঠেচে পাহাড়ের চূড়ো থেকে দু-হাজার, আড়াই হাজার ফুট পর্য্যন্ত উঁচুতে— সঙ্গে সঙ্গে কি বিশ্রী নিঃশ্বাস রোধকারী গন্ধকের উত্কট গন্ধ বাতাসে !

আলভারেজ সেদিকে চেয়ে ভয়ে বিস্ময়ে বলে উঠল— আগ্নেয়গিরি ! সান্টা আনা গ্রাৎসিয়া ডা কর্ডোভা !

কি অদ্ভুত ধরনের ভীষণ সুন্দর দৃশ্য ! কেউ চোখ ফিরিয়ে নিতে পারলে না ওরা খানিকক্ষণ । লক্ষটা তুবড়ি এক সঙ্গে জ্বলচে, লক্ষটা রঙমশালে

যেন এক সঙ্গে আগুন দিয়েছে, শঙ্করের মনে হল। রাঙা আগুনের মেঘ মাঝে মাঝে নীচু হয়ে যায়, হঠাৎ যেমন আগুনে ধুনো পড়লে দপ্ করে জ্বলে ওঠে, অমনি দপ্ করে হাজার ফুট ঠেলে ওঠে। আর সেই সঙ্গে হাজারটা বোমাফাটার আওয়াজ। এদিকে পৃথিবী এমন কাঁপচে যে, দাঁড়িয়ে থাকা যায় না— কেবল টলে টলে পড়তে হয়। শঙ্কর তো টলতে টলতে তাঁবুর মধ্যে ঢুকলো। ঢুকে দেখে একটা ছোট কুকুর ছানার মত জীব তার বিছানায় এক সঙ্গে গুটিসুটি হয়ে ভয়ে কাঁপচে। শঙ্করের টর্চ্চের আলোয় সেটা থতমত খেয়ে আলোর দিকে চেয়ে রইল, আর তার চোখ দুটো মণির মতো জ্বলতে লাগলো।

আলভারেজ তাঁবুতে ঢুকে দেখে বল্লে— নেকড়ে বাঘের ছানা। রেখে দাও, আমাদের আশ্রয় নিয়েচে যখন প্রাণের ভয়ে।

ওরা কেউ এর আগে প্রজ্বলন্ত আগ্নেয়গিরি দেখেনি, তা থেকে যে বিপদ আসতে পারে তা ওদের জানা নেই— কিন্তু আলভারেজের কথা ভালো করে শেষ হতে না হতে, হঠাৎ কি প্রচন্ড ভারী জিনিসের পতনের শব্দে ওরা আবার তাঁবুর বাইরে গিয়ে যখন দেখলে যে, একখানা পনেরো সের ওজনের জ্বলন্ত কয়লার মতো রাঙা পাথর অদূরে একটা ঝোপের ওপর এসে পড়েচে— সঙ্গে সঙ্গে ঝোপটাও জ্বলে উঠেচে। তখন আলভারেজ ব্যস্তসমস্ত হয়ে বল্লে— পালাও, পালাও; শঙ্কর, তাঁবু ওঠাও— শীগগির—

ওরা তাঁবু ওঠাতে ওঠাতে আরও দু-পাঁচখানা আগুনরাঙা জ্বলন্ত ভারী পাথর এদিক ওদিক সশব্দে পড়লো। নিঃশ্বাস তো এদিকে বন্ধ হয়ে আসে, এমনি ঘন গন্ধকের ধোঁয়া বাতাসে ছড়িয়েচে।

দৌড়... দৌড়... দৌড়। দু-ঘন্টা ধরে ওরা জিনিসপত্র কতক টেনে হিঁচড়ে, কতক বয়ে নিয়ে পুবদিকের সেই পাহাড়ের নিচে গিয়ে পৌঁছুলো। সেখানে পর্য্যন্ত গন্ধকের গন্ধ বাতাসে। আধঘন্টা পরে সেখানেও পাথর পড়তে সুরু করলে। ওরা পাহাড়ের উপর উঠল, সেই ভীষণ জঙ্গল আর রাত্রির

অন্ধকার ঠেলে। ভোর যখন হোল, তখন আড়াই হাজার ফুট উঠে পাহাড়ের ঢালুতে বড় একটা গাছের তলায়, দু'জনেই হাঁপাতে হাঁপাতে বসে পড়লো।

সূর্য্য ওঠবার সঙ্গে সঙ্গে অগ্ন্যুৎপাতের সে ভীষণ সৌন্দর্য্য অনেকখানি কমে গেল, কিন্তু শব্দ ও পাথর পড়া যেন বাড়লো। এবার শুধু পাথর নয়, তার সঙ্গে খুব মিহি ধূসর বর্ণের ছাই আকাশ থেকে পড়চে... গাছপালা লতাপাতার ওপর দেখতে দেখতে পাৎলা একপুর ছাই জমে গেল।

সারাদিন সমানভাবে অগ্নিলীলা চললো— আবার রাত্রি এল। নিম্নের উপত্যকা ভূমির অত বড় হেমলক গাছের জঙ্গল দাবানলে ও প্রস্তর বর্ষণে সম্পূর্ণ নষ্ট হয়ে গেল। রাত্রিতে আবার সেই ভীষণ সৌন্দর্য্য, কতদূর পর্য্যন্ত বন ও আকাশ, কতদূরের দিগন্ত লাল হয়ে উঠেচে পর্ব্বতের অগ্নি-কটাহের আগুনে— তখন পাথর পড়াটা একটু কেবল কমেচে। কিন্তু সেই রাঙা আগুনভরা বাষ্পের মেঘ তখনো সেই রকমই দীপ্ত হয়ে উঠেচে।

রাত দুপুরের পরে একটা বিরাট বিস্ফোরণের শব্দে ওদের তন্দ্রা ছুটে গেল— ওরা সভয়ে চেয়ে দেখলে জ্বলন্ত পাহাড়ের চূড়ার মুণ্ডটা উড়ে গিয়েচে— নীচের উপত্যকাতে ছাই, আগুন ও জ্বলন্ত পাথর ছড়িয়ে পড়ে অবশিষ্ট জঙ্গলটাকেও ঢাকা দিলে। আলভারেজ পাথরের ঘায়ে আহত হোল। ওদের তাঁবুর কাপড়ে আগুন ধরে গেল। পেছনের একটা উঁচু গাছের ডাল ভেঙ্গে পড়ল পাথরের চোট খেয়ে।

শঙ্কর ভাবছিল— এই জনহীন আরণ্য অঞ্চলে এত বড় একটা প্রাকৃতিক বিপর্য্যয় যে ঘটে গেল, তা কেউ দেখতেও পেতো না, যদি তারা না থাকতো। সভ্য জগৎ জানেও না, আফ্রিকার গহন অরণ্যের এ আগ্নেয়গিরির অস্তিত্ব। কেউ বল্লেও বিশ্বাস করবে না হয়তো।

সকালে বেশ স্পষ্ট দেখা গেল, মোমবাতি হাওয়ার মুখে জ্বলে গিয়ে যেমন মাথার দিকে অসমান খাঁজের সৃষ্টি করে, পাহাড়ের চূড়াটার তেমনি

চেহারা হয়েচে। কুলফি বরফটাতে ঠিক যেন কে আর একটা কামড় বসিয়েচে।

আলভারেজ ম্যাপ দেখে বল্লে— এটা আগ্নেয়গিরি বলে ম্যাপে দেওয়া নেই। সম্ভবতঃ বহু বৎসর পরে এই এর প্রথম অগ্ন্যুৎপাত। কিন্তু এর যে নাম ম্যাপে দেওয়া আছে, তা খুব অর্থপূর্ণ।

শঙ্কর বল্লে— কি নাম?

আলভারেজ বল্লে— এর নাম লেখা আছে 'ওলডোনিও লেঙ্গাই'— প্রাচীন জুলু ভাষায় এর মানে 'অগ্নিদেবের শয্যা'। নামটা দেখে মনে হয়, এ অঞ্চলের প্রাচীন লোকদের কাছে এ পাহাড়ের আগ্নেয় প্রকৃতি অজ্ঞাত ছিল না। বোধহয় তারপর দু'একশো বছর কিংবা তারও বেশীকাল এটা চুপচাপ ছিল।

ভারতবর্ষের ছেলে শঙ্করের দুই হাত আপনাআপনি প্রণামের ভঙ্গিতে ললাট স্পর্শ করলে। প্রণাম, হে রুদ্রদেব, প্রণাম। আপনার তান্ডব দেখবার সুযোগ দিয়েচেন, এজন্যে প্রণাম গ্রহণ করুন, হে দেবতা। আপনার এ রূপের কাছে শত হীরকখনি তুচ্ছ হয়ে যায়, আমার সমস্ত কষ্ট সার্থক হোল।

নয়

আগ্নেয় পর্ব্বতের অত কাছে বাস করা আলভারেজ উচিত বিবেচনা করলে না । ওলডোনিও লেঙ্গাই পাহাড়ের ধূমায়িত শিখরদেশের সান্নিধ্য পরিত্যাগ করে, তারা আরও পশ্চিম ঘেঁসে চলতে লাগল । সেদিকের গহণ অরণ্যে আগুনের আঁচটীও লাগেনি, বর্ষার জলে সে অরণ্য আরও নিবিড় হয়ে উঠেচে, ছোট ছোট গাছপালার ও লতাঝোপের সমাবেশে । ছোট বড় কত ঝরণাধারা ও পার্ব্বত্য-নদী বয়ে চলচে - তাদের মধ্যে একটাও আলভারেজের পূর্ব্ব পরিচিত নয় ।

এইবার এক জায়গায় ওরা এসে উপস্থিত হোল, যেখানে চারিদিকেই চূণাপাথর ও গ্রানাইটের ছোট বড় পাহাড় ও প্রত্যেক পাহাড়ের গায়েই নানা আকারের গুহা । স্থানটার প্রাকৃতিক দৃশ্য রিখটারসভেল্ডের সাধারণ দৃশ্য থেকে একটু অন্য রকম । এখানে বন তত ঘন নয়, কিন্তু খুব বড় বড় গাছ চারিদিকে, আর যেখানে সেখানে পাহাড় ও গুহা ।

একটা উঁচু ঢিবির মত গ্রানাইটের পাহাড়ের ওপর ওরা তাঁবু ফেলে রইল। এখানে এসে পর্য্যন্ত শঙ্করের মনে হয়েচে জায়গাটা ভাল নয় । কি একটা অস্বস্তি, মনের মধ্যে কি একটা আসন্ন বিপদের আশঙ্কা, তা সে না ভাল করে নিজে বুঝতে, না পারে আলভারেজকে বোঝাতে ।

একদিন আলভারেজ বল্লে - সব মিথ্যে শঙ্কর, আমরা এখনও বনের মধ্যে ঘুরচি । আজ সেই গাছটা আবার দেখেচি, সেই D. A. লেখা । অথচ তোমার মনে আছে, আমারা যতদূর সম্ভব পশ্চিমদিক ঘেঁসে চলেচি পনেরো দিন। কি করে আমরা আবার সেই গাছের কাছে আসতে পারি?

শঙ্কর বল্লে - তবে এখন কি উপায়?

- উপায় আছে। আজ রাত্রে একটা বড় গাছের মাথায় উঠে নক্ষত্র দেখে দিকনির্ণয় করতে হবে। তুমি তাঁবুতে থেকো।

শঙ্কর একটা কথা বুঝতে পারছিল না। তারা যদি চক্রাকারে ঘুরচে, তবে এই অনুচ্চ শৈলমালা ও গুহার দেশে কি করে এল? এ অঞ্চলে তো কখনো আসে-নি বলেই মনে হয়। আলভারেজ এর উত্তরে বল্লে, গাছটাতে নাম খোদাই দেখে সে আর কখনো তার পূর্ব্বে আসবার চেষ্টা করে নি। পূর্ব্ব দিকে মাইল দুই এলেই এই স্থানটাতেই ওরা পৌঁছতো।

সে রাত্রে শঙ্কর একা তাঁবুতে বসে বঙ্কিমচন্দ্রের 'রাজসিংহ' পড়ছিল। এই একখানা বই সে দেশ থেকে আসবার সময় সঙ্গে করে আনে, এবং বহুবার পড়লেও সময় পেলেই আবার পড়ে।

কতদূরে ভারতবর্ষ, তার মধ্যে চিতোর, মেওয়ার, মোগল-রাজপুতের বিবাদ! এই অজানা মহাদেশের অজানা মহা অরণ্যানীর মধ্যে বসে সে সব যেন অবাস্তব বলে মনে হয়। তাঁবুর বাইরে হঠাৎ যেন পায়ের শব্দ পাওয়া গেল। শঙ্কর প্রথমটা ভাবলে, আলভারেজ গাছ থেকে নেমে ফিরে আসচে বোধ হয় - কিন্তু পরক্ষণেই তার মনে হোল, এ মানুষের স্বাভাবিক পায়ের শব্দ নয়, কেউ দুপায়ে থলে জড়িয়ে খুঁড়িয়ে খুঁড়িয়ে মাটীতে পা ঘেঁসে ঘেঁসে টেনে টেনে চললে যেন এমন ধরণের শব্দ হওয়া সম্ভব। আলভারেজের উইনচেষ্টার রিপিটারটা হাতের কাছেই ছিল, ও সেটা তাঁবুর দরজার দিকে বাগিয়ে বসলো। বাইরে পদশব্দটা একবার থেমে গেল - পরেই আবার তাঁবুর দক্ষিণ পাশ থেকে বাঁদিকে এল। একটা কোনো বড় প্রাণীর যেন ঘন ঘন নিঃশ্বাসের শব্দ পাওয়া গেল - ঠিক এই রকমই। শঙ্কর একটু ভয় খেয়ে সংযম হারিয়ে ফেলে রাইফেল ছুঁড়ে বসলো। একবার...দুবার –

সঙ্গে সঙ্গে মিনিট দুই পরে দূরের গাছের মাথা থেকে প্রত্যুত্তরে দুবার রিভলবারের আওয়াজ পাওয়া গেল। আলভারেজ মনে ভেবেচে, শঙ্করের

কোনো বিপদ উপস্থিত, নতুবা রাত্রে খামোকা বন্দুক ছুঁড়বে কেন? বোধ হয় সে তাড়াতাড়ি নেমেই আসচে।

এদিকে চারিদিক বন্দুকের আওয়াজে জানোয়ারটা বোধ হয় পালিয়েচে, আর তার সাড়াশব্দ নেই। শঙ্কর টর্চ্চ জ্বেলে তাঁবুর বাইরে এসে ভাবলে, আলভারেজকে সঙ্কেতে গাছ থেকে নামতে বারণ করবে, এমন সময় কিছুদূরে বনের মধ্যে হঠাৎ আবার দু'বার পিস্তলের আওয়াজ এবং সেই সঙ্গে একটা অস্পষ্ট চিত্‌কার শুনতে পাওয়া গেল।

শঙ্কর পিস্তলের আওয়াজ লক্ষ্য করে ছুটে গেল। কিছুদূরে গিয়েই দেখলে বনের মধ্যে একটা বড় গাছের তলায় আলভারেজ শুয়ে। টর্চ্চের আলোয় তাকে দেখে শঙ্কর শিউরে উঠল ভয়ে বিস্ময়ে— তার সর্ব্বশরীর রক্তমাখা, মাথাটা বাকী শরীরের সঙ্গে একটা অস্বাভাবিক কোণের সৃষ্টি করেচে। গায়ের কোটটা ছিন্নভিন্ন।

শঙ্কর তাড়াতাড়ি ওর পাশে গিয়ে বসে ওর মাথাটা নিজের কোলে তুলে নিলে। ডাকলে— আলভারেজ! আলভারেজ!

আলভারেজের সাড়া নেই। তার ঠোঁট দুটো একবার যেন নড়ে উঠল, কি যেন বলতে গেল। সে শঙ্করের দিকে চেয়েই আছে, অথচ সে চোখে যেন দৃষ্টি নেই; অথবা কেমন যেন নিস্পৃহ, উদাস দৃষ্টি।

শঙ্কর ওকে বহন করে তাঁবুতে নিয়ে এল। মুখে জল দিল, তারপর গায়ের কোটটা খুলতে গিয়ে দেখে, গলার নিচে কাঁধের দিকের খানিকটা জায়গার মাংস কে যেন ছিঁড়ে নিয়েচে! সারা পিঠটারও সেই অবস্থা। কোন এক অসাধারণ বলশালী জন্তু, তীক্ষ্ণধার নখে বা দন্তে পিঠখানা চিরে ফালা ফালা করেচে।

পাশেই নরম মাটীতে কোনো এক জন্তুর পায়ের দাগ—

তিনটা মাত্র আঙুল সে পায়ে।

সারারাত্রি সেই ভাবেই কাটল, আলভারেজের সাড়া নেই, সংজ্ঞা নেই। সকাল হবার সঙ্গে হঠাৎ যেন তার চেতনা ফিরে এল। শঙ্করের দিকে বিস্ময়ের ও অচেনার দৃষ্টিতে চেয়ে দেখলে, যেন এর আগে সে কখনো শঙ্করকে দেখেনি। তারপর আবার চোখ বুঁজল। দুপুরের পর খুব সম্ভবতঃ নিজের মাতৃভাষায় কী সব বকতে সুরু করল, শঙ্কর এক বর্ণও বুঝতে পারলে না। বৈকালের দিকে সে হঠাৎ শঙ্করের দিকে চাইলে। চাইবার সঙ্গে সঙ্গে শঙ্করের মনে হোল, সে ওকে চিনতে পেরেচে। এইবার ইংরাজীতে বল্লে— শঙ্কর! এখনো বসে আছ? তাঁবু ওঠাও, চল যাই— তারপর অপ্রকৃতিস্থের মতো নির্দ্দেশহীন ভঙ্গিতে হাত তুলে বল্লে— রাজার ঐশ্বর্য লুকোনো রয়েচে ঐ পাহাড়ের গুহার মধ্যে— তুমি দেখতে পাচ্ছ না— আমি দেখতে পাচ্ছি। চল আমরা যাই— তাঁবু ওঠাও— দেরী কোরো না...

এই আলভারেজের শেষ কথা।

তারপর কতক্ষণ শঙ্কর স্তব্ধ হয়ে বসে রইল। সন্ধ্যা হোল, একটু একটু করে সমগ্র বনানী ঘন অন্ধকারে ডুবে গেল।

শঙ্করের তখন চমক ভাঙল। সে তাড়াতাড়ি উঠে আগে আগুন জ্বাললে, তারপর দুটো রাইফেলে টোটা ভরে, তাঁবুর দোরের দিকে বন্দুকের নল বাগিয়ে, আলভারেজের মৃতদেহের পাশে একখানা সতরঞ্জির ওপর বসে রইল। তারপর সে রাত্রে আবার নামলো তেমনি ভীষণ বর্ষা। তাঁবুর কাপড় ফুঁড়ে জল পড়ে জিনিসপত্র ভিজে গেল। শঙ্কর তখন কিন্তু এমন হয়ে গিয়েচে যে, তার কোনোদিকে দৃষ্টি নেই। এই ক'মাসে সে আলভারেজকে সত্যিই ভালোবেসে ছিল, তার নির্ভীকতা, তার সংকল্পে অটলতা, তার পরিশ্রম করবার অসাধারণ শক্তি, তার বীরত্ব— শঙ্করকে মুগ্ধ করেছিল। সে আলভারেজকে নিজের

পিতার মতো ভালোবাসতো । আলভারেজও তাকে তেমনি স্নেহের চোখেই দেখতো ।

কিন্তু এসবের চেয়েও শঙ্করের মনে হচ্চে বেশী যে, আলভারেজ মারা গেল শেষকালে সেই অজ্ঞাত জানোয়ারটারই হাতে । ঠিক জিম কার্টারের মতোই।

রাত্রি গভীর হওয়ার সঙ্গে সঙ্গে ক্রমে তার মন ভয়ে আকুল হয়ে উঠল । সম্মুখে ভীষণ অজানা মৃত্যুদূত— ঘোর রহস্যময় তার অস্তিত্ব । কখন সে আসবে, কখন বা যাবে, কেউ তার সন্ধান দিতে পারবে না । ঘুমে ঢুলে না পড়ে শঙ্কর মনের বলে জেগে বসে রইল সারা রাত ।

ওঃ, সে কি ভীষণ রাত্রি! যতদিন বেঁচে থাকবে, ততদিন ও রাত্রির কথা সে ভুলবে না । গাছে গাছে, ডালে ডালে, হাজার ধারায় বৃষ্টি পতনের শব্দ ও একটানা ঝড়ের শব্দে অরণ্যানীর অন্য সকল নৈশ শব্দ আজ ডুবিয়ে দিয়েচে, পাহাড়ের উপর বড় গাছ মড় মড় করে ভেঙে পড়চে । এই ভয়ঙ্কর রাত্রিতে সে একা এই ভীষণ অরণ্যানীর মধ্যে! কালো গাছের গুঁড়িগুলো যেন প্রেতের মতো দেখাচ্চে, অত বড় ঝড় বৃষ্টিতেও জোনাকির ঝাঁক জ্বলচে । সম্মুখে বন্ধুর মৃতদেহ। ভয় পেলে চলবে না ! সাহস আনতেই হবে, নতুবা ভয়েই সে মারা যাবে । সাহস আনবার প্রাণপণ চেষ্টায় সে রাইফেল দুটীর দিকে মনোযোগ নিবদ্ধ করলে। একটা উইনচেষ্টার, অপরটী ম্যানলিকার - দুটোরই ম্যাগাজিনে টোটা ভর্ত্তি। এমন কোনো শরীরধারী জীব নেই, যে এই দুই শক্তিশালী অতি ভয়ানক মারণাস্ত্রকে উপেক্ষা করে আজ রাত্রে অক্ষতদেহে তাঁবুতে ঢুকতে পারে ।

ভয় ও বিপদ মানুষকে সাহসী করে । শঙ্কর সারারাত সজাগ পাহারা দিল । পরদিন সকালে আলভারেজের মৃতদেহ সে একটা বড় গাছের তলায়

সমাধিস্থ করলে এবং দুখানা গাছের ডাল ক্রুশের আকারে শক্ত লতা দিয়ে বেঁধে সমাধির ওপর তা পুঁতে দিলে।

আলভারেজের কাগজপত্রের মধ্যে ওপর্টো খনি বিদ্যালয়ের একটা ডিপ্লোমা ছিল ওর নামে। তাদের শেষ পরীক্ষায় আলভারেজ সসম্মানে উত্তীর্ণ হয়েচে। ওর কথাবার্ত্তায় অনেক সময়ই শঙ্করের সন্দেহ হোত যে, সে নিতান্ত মূর্খ, ভাগ্যান্বেষী, ভবঘুরে নয়।

লোকালয় থেকে বহুদূরে এই জনহীন, গহণ অরণ্যে ক্লান্ত আলভারেজের রত্নানুসন্ধান শেষ হোল। তার মত লোকেরা রত্নের কাঙাল নয়, বিপদের নেশায় পথে পথে ঘুরে বেড়ানোই তাদের জীবনের পরম আনন্দ, কুবেরের ভাণ্ডারও তাকে এক জায়গায় চিরকাল আটকে রাখতে পারতো না।

দুঃসাহসিক ভবঘুরের উপযুক্ত সমাধি বটে। অরণ্যের বনস্পতিদল ছায়া দেবে সমাধির ওপর। সিংহ, গরিলা, হায়েনা সজাগ রাত্রি যাপন করবে, আর সবারই ওপরে, সবাইকে ছাপিয়ে বিশাল রিখটারসভেল্ড পর্ব্বতমালা অদূরে দাঁড়িয়ে মেঘলোকে মাথা তুলে খাড়া পাহারা রাখবে চিরযুগ।

দশ

সে দিন সে রাত্রিও কেটে গেল । শঙ্কর এখন দুঃসাহসে মরীয়া হয়ে উঠেচে । যদি তাকে প্রাণ নিয়ে এ ভীষণ অরণ্য থেকে উদ্ধার পেতে হয়, তবে তাকে ভয় পেলে চলবে না । দুদিন সে কোথাও না গিয়ে তাঁবুতে বসে মন স্থির করে ভাববার চেষ্টা করলে, সে এখন কি করবে । হঠাৎ তার মনে হোল, আলভারেজের সেই কথাটা - সলসবেরি...এখান থেকে পূব-দক্ষিণ কোণে আন্দাজ ছশো মাইল...

সলসবেরি ।...দক্ষিণ রোডেশিয়ার রাজধানী সলসবেরি । যে করে হোক, পৌঁছুতেই হবে তাকে সলসবেরিতে । সে এখনও অনেকদিন বাঁচবে, তার জন্মকোষ্ঠীতে লেখা আছে । এ জায়গায় বেঘোরে সে মরবে না ।

শঙ্কর ম্যাপগুলো খুব ভালো করে দেখলে । পর্টুগিজ গবর্ণমেন্টের ফরেষ্ট সার্ভের ম্যাপ, ১৮৭৩ সালের রয়েল মেরিন সার্ভের তৈরী উপকূলের ম্যাপ, ভ্রমণকারী স্যার ফিলিপো ডি ফিলিপির ম্যাপ, এ বাদে আলভারেজের হাতে আঁকা ও জিম কার্টারের সইযুক্ত একখানা জীর্ণ, বিবর্ণ খসড়া নক্সা । আলভারেজ বেঁচে থাকতে সে এই সব ম্যাপ বুঝতে একবারও ভাল করে চেষ্টা করেনি, এখন এদের বোঝার ওপর তার জীবন মরণ নির্ভর করচে । সলসবেরির সোজা রাস্তা বার করতে হবে । এ স্থান থেকে তার অবস্থিতি ৰিন্দুর দিক নির্ণয় করতে হবে, রিখটারসভেল্ড অরণ্যের এ গোলোক ধাঁধা থেকে তাকে উদ্ধার পেতে হবে - সবই এই ম্যাপগুলির সাহায্যে ।

অনেক দেখবার শুনবার পরে ও বুঝতে পারলে এই অরণ্য ও পর্ব্বতমালার সম্বন্ধে কোনো ম্যাপেই বিশেষ কিছুই দেওয়া নেই - এক আলভারেজের ও জিম কার্টারের খসড়া ম্যাপখানা ছাড়া । তাও এত সংক্ষিপ্ত এবং তাতে এত সাঙ্কেতিক ও গুপ্তচিহ্ন ব্যবহার করা হয়েচে যে, শঙ্করের পক্ষে

তা প্রায় দুর্ব্বোধ্য। কারণ এদের সব সময়েই ভয় ছিল যে ম্যাপ অপরের হাতে পড়লে, পাছে আর কেউ এসে ওদের ধণে ভাগ বসায়।

চতুর্থ দিন শঙ্কর সে স্থান ত্যাগ করে আন্দাজ মত পূবদিকে রওনা হোল। যাবার আগে কিছু বনের ফুলের মালা গেঁথে আলভারেজের সমাধির ওপর অর্পণ করলে।

'বুশ ক্র্যাফট' বলে একটা জিনিষ আছে। সুবিস্তীর্ণ, বিজন, গহন অরণ্যানীর মধ্যে ভ্রমণ করবার সময়ে এ বিদ্যা জানা না থাকলে বিপদ অবশ্যম্ভাবী। আলভারেজের সঙ্গে এতদিন ঘোরাঘুরি করার ফলে, শঙ্কর কিছু কিছু 'বুশ ক্র্যাফট' শিখে নিয়েছিল, তবুও তার মনে সন্দেহ হোল যে, এই বন একা পাড়ি দেবার যোগ্যতা সে কি অর্জ্জন করেচে? শুধু ভাগ্যের ওপর নির্ভর করে তাকে চলতে হবে, ভাগ্য ভাল হয় বন পার হতে পারবে, ভাগ্য প্রসন্ন না হয় - মৃত্যু।

দুটো তিনটে ছোট পাহাড় সে পার হয়ে চলল। বন কখনো গভীর,কখনো পাতলা। কিন্তু বৃহৎ বৃহৎ বনস্পতির আর শেষ নেই। শঙ্করের জানা ছিল যে, দীর্ঘ এলিফ্যান্ট ঘাসের জঙ্গল এলে বুঝতে হবে যে বনের প্রান্তসীমায় পৌছানো গিয়েচে। কারণ গভীর জঙ্গলে কখনো এলিফ্যান্ট বা টুসক্ ঘাস জন্মায় না। এলিফ্যান্ট ঘাসের চিহ্ন নেই কোনোদিকে - শুধুই বনস্পতি আর নীচু বনঝোপ।

প্রথম দিন শেষ হোল এক নিবিড়তর অরণ্যের মধ্যে। শঙ্কর জিনিসপত্র প্রায় সবই ফেলে দিয়ে এসেছিল, কেবল আলভারেজের মানলিকার রাইফেলটা, অনেকগুলো টোটা, জলের বোতল, টর্চ্চ, ম্যাপগুলো, কম্পাস, ঘড়ি, একখানা কম্বল ও সামান্য কিছু ঔষধ সঙ্গে নিয়েছিল — আর নিয়েছিল একটা দড়ির দোলনা। তাঁবুটা যদিও খুব হালকা ছিল, কিন্তু তা সে বয়ে আনা অসম্ভব বিবেচনায় ফেলেই এসেচে।

দুটো গাছের ডালে মাটী থেকে অনেকটা উঁচুতে সে দড়ির দোলনা টাঙালে এবং হিংস্র জন্তুর ভয়ে গাছতলায় আগুন জ্বালালে। দোলনায় শুয়ে

বন্দুক হাতে জেগে রইল কারণ ঘুম অসম্ভব একে ভয়ানক মশা, তার ওপর সন্ধ্যার পর থেকে গাছতলার কিছুদূর দিয়ে একটা চিতাবাঘ যাতায়াত সুরু করলে। গভীর অন্ধকারে তার চোখ জ্বলে যেন দুটো আগুনের ভাঁটা, শঙ্কর টর্চের আলো ফেলে, পালিয়ে যায়, আবার আধঘন্টা পরে ঠিক সেইখানে দাঁড়িয়ে ওর দিকে চেয়ে থাকে। শঙ্করের ভয় হোল, ঘুমিয়ে পড়লে হয়তো বা লাফ দিয়ে দোলনায় উঠে আক্রমণ করবে। চিতাবাঘ অতি ধূর্ত্ত জানোয়ার। কাজেই সারারাত্রি শঙ্কর চোখের পাতা বোজাতে পারলে না। তার ওপর চারিধারে নানা বন্য-জন্তুর রব। একবার একটু তন্দ্রা এসেছিল, হঠাৎ কাছেই কোথাও একদল বালকবালিকার খিলখিল হাসির রবে তন্দ্রা ছুটে গিয়ে ও চমকে জেগে উঠল। ছেলেমেয়েরা হাসে কোথায়? এই জনমানবহীন অরণ্যে বালকবালিকাদের যাতায়াত করা বা এত রাত্রে হাসা উচিত নয় তো? পরক্ষণেই তার মনে পড়ল একজাতীয় বেবুনের ডাক ঠিক ছেলেপুলের হাসির মত শোনায়, আলভারেজ একবার গল্প করেছিল। প্রভাতে সে গাছ থেকে নেমে রওনা হোল। বৈমানিকরা যাকে বলেন 'ফ্লাইঙ্গি ব্লাইণ্ড' - সে সেইভাবে বনের মধ্য দিয়ে চলচে, সম্পুর্ণ ভাগ্যের ওপর নির্ভর করে, দু চোখ বুঁজে। এই দুদিন চলেই সে সম্পূর্ণভাবে দিকভ্রান্ত হয়ে পড়েচে - আর তার উত্তর দক্ষিণ পূর্ব্ব পশ্চিম জ্ঞান নেই। সে বুঝলে কোনো মহারণ্যে দিক ঠিক রেখে চলা কি কঠিন ব্যাপার। তোমার চারিপাশে সব সময়েই গাছে গুঁড়ি, অগণিত, অজস্র, তার লেখাজোখা নেই। তোমার মাথার ওপর সব সময় ডালপালা লতাপাতায় চন্দ্রাতপ। নক্ষত্র, চন্দ্র, সূর্য্য দৃষ্টিগোচর হয় না। সূর্য্যের আলোও কম, সব সময়েই যেন গোধূলি। ক্রোশের পর ক্রোশ যাও, ঐ একই ব্যাপার। এদিক কম্পাস অকেজো, কি করে দিক ঠিক রাখা যায়?

পঞ্চম দিনে একটা পাহাড়ের তলায় এসে সে বিশ্রামের জন্যে থামল। কাছেই একটা প্রকাণ্ড গুহার মুখ, একটা ক্ষীণ জলস্রোত গুহার ভেতর থেকে বেরিয়ে বনের মধ্যে এঁকে বেঁকে অদৃশ্য হয়েচে।

অতবড় গুহা কখনো না দেখার দরুণ, একটা কৌতূহলের বশবর্ত্তী হয়েই সে জিনিষপত্র বাইরে রেখে গুহার মধ্যে ঢুকলো। গুহার মুখে খানিকটা আলো - ভেতরে বড় অন্ধকার, টর্চ্চ জ্বেলে সন্তর্পনে অগ্রসর হয়ে, সে ক্রমশঃ এমন এক জায়গায় এসে পৌঁছুলো, যেখানে ডাইনে বাঁয়ে আর দুটো মুখ। ওপরের দিকে টর্চ্চ উঠিয়ে দেখলে, ছাদটা অনেকটা উচুঁ। সাদা শক্ত নুনের মত ক্যালসিয়াম কার্ব্বোনেটের সরু মোটা ঝুরি ছাদ থেকে ঝাড় লন্ঠনের মত ঝুলচে।

গুহার দেওয়ালগুলো ভিজে, গা বেয়ে অনেক জায়গায় জল খুব ক্ষীণধারায় ঝরে পড়চে। শঙ্কর ডাইনের গুহায় ঢুকলো, সেটা ঢুকবার সময় সরু, কিন্তু ক্রমশঃ প্রশস্ত হয়ে গিয়েচে। পায়ে পাথর নয়, ভিজে মাটী। টর্চ্চের আলোয় ওর মনে হোল, গুহাটা ত্রিভুজাকৃতি। ত্রিভূজের ভূমির এক কোণে আর একটা গুহামুখ। সেটা দিয়ে ঢুকে শঙ্কর দেখলে সে যেন দুধারে পাথরের উঁচু দেওয়াল-ওয়ালা একটা সংকীর্ণ গলির মধ্যে এসেচে। গলিটা আঁকা বাঁকা, একবার ডাইনে একবার বাঁয়ে সাপের মত এঁকে বেঁকে চলেচে - শঙ্কর অনেক দূর চলে গেল গলিটা ধরে।

ঘন্টা দুই এতে কাটলো। তারপর সে ভাবলে, এবার ফেরা যাক। কিন্তু ফিরতে গিয়ে সে আর কিছুতেই সেই ত্রিভুজাকৃতি গুহাটা খুঁজে পেল না। কেন, এই তো সেই গুহা থেকেই এই সরু গুহাটা বেরিয়েচে, সরু গুহা তো শেষ হয়েই গেল - তবে সে ত্রিভুজ গুহা কৈ ?

অনেকক্ষণ খোঁজাখুঁজির পরে শঙ্করের হঠাৎ কেমন আতঙ্ক উপস্থিত হোল। সে গুহার মধ্যে পথ হারিয়ে ফেলেনি তো ? সর্ব্বনাশ।

সে বসে আতঙ্ক দূর করবার চেষ্টা করলে, ভাবলে - না ভয় পেলে তার চলবে না। স্থির বুদ্ধি ভিন্ন এ বিপদ থেকে উদ্ধারের উপায় নেই। মনে পড়ল, আলভারেজ তাকে বলে দিয়েছিল, অপরচিত স্থানে বেশীদূর অগ্রসর হবার সময়ে পথের পাশে সে যে কোন চিহ্ন রেখে যায়, যাতে আবার সেই চিহ্ন ধরে ফিরতে পারে। এ উপদেশ সে ভুলে গিয়েছিল। এখন উপায়?

টর্চের আলো জ্বালতে তার আর ভরসা হচ্ছে না। যদি ব্যাটারি ফুরিয়ে যায়, তবে নিরুপায়। গুহার মধ্যে অন্ধকার সূচীভেদ্য। সেই দুর্নিবীক্ষ্য অন্ধকারে এক পা অগ্রসর হওয়া অসম্ভব। পথ খুঁজে বার করা তো দূরের কথা।

সারাদিন কেটে গেল - ঘড়িতে সন্ধ্যা সাতটা। এদিকে টর্চের আলো রাঙা হয়ে আসচে ক্রমশঃ। ভীষণ গুমট গরম গুহার মধ্যে তা' ছাড়া পানীয় জল নেই। পাথরের দেওয়াল বেয়ে যে জল চুঁয়ে পড়চে, তা' আস্বাদ কষা, ক্ষার, ঈষৎ লোনা। তার পরিমাণও বেশী নয়। জিব দিয়ে চেটে খেতে হয় দেওয়ালের গা থেকে।

বাইরে অন্ধকার হয়েচে নিশ্চয়ই, সাড়ে সাতটা বাজলো। আটটা, নটা, দশটা। তখনও শঙ্কর পথ হাতড়াচ্ছে। টর্চের পুরোণো ব্যাটারি জ্বলচে সমানে বেলা তিনটে থেকে, এইবার সে এত ক্ষীণ হয়ে এসেচে যে, শঙ্কর ভয়ে আরও উন্মাদের মত হয়ে উঠল। এই আলো যতক্ষণ, তার প্রাণের ভরসাও ততক্ষণ - নতুবা এই রৌরব নরকের মত মহা অন্ধকারে পথ খুঁজে পাবার কোনো আশা নেই - স্বয়ং আলভারেজও পারতো না।

টর্চ নিবিয়ে, ও চুপ করে একখানা পাথরের ওপর বসে রইল। এ থেকে উদ্ধার পাওয়া যেতেও পারতো, যদি আলো থাকতো - কিন্তু অন্ধকারে সে কি করবে এখন? একবার ভাবলে, রাত্রিটা কাটুক না, দেখা যাবে এখন।

পরক্ষণেই মনে হোল - তাতে আর কি সুবিধে হবে ? এখানে দিন রাত্রি সমান। অন্ধকারেই সে দেওয়াল ধরে ধরে চলতে লাগলো। হায়, হায়, কেন গুহায় ঢুকবার সময় দুটো নতুন ব্যাটারি সঙ্গে নেয় নি ! অন্ততঃ একটা দেশলাই।

ঘড়ি হিসেবে সকাল হোল। গুহার চির অন্ধকারে আলো জ্বললো না। ক্ষুধা-তৃষ্ণায় শরীর অবসন্ন হয়ে আসচে ওর। বোধ হয়, এই গুহার অন্ধকারে ওর সমাধি অদৃষ্টে লেখা আছে, দিনের আলো আর দেখতে হবে না। আলভারেজের বলি গ্রহণ করে আফ্রিকার রক্ততৃষ্ণা মেটেনি, তাকেও চাই।

তিন দিন তিন রাত্রি কেটে গেল। শঙ্কর জুতোর সুকতোলা চিবিয়ে খেয়েচে, একটা আরসুলা কি ইঁদুর, কি কাঁকড়াবিছে - কোনো জীব নেই গুহার মধ্যে যে সে ধরে খায়। মাথা ক্রমশঃ অপ্রকৃতিস্থ হয়ে আসচে, তার জ্ঞান নেই সে কি করচে বা তার কি ঘটচে - কেবল এইটুকু মাত্র জ্ঞান রয়েচে যে, তাকে এ গুহা থেকে যে করে হোক বেরুতেই হবে, দিনের আলোর মুখ দেখতেই হবে। তাই সে অবসন্ন নির্জ্জীব দেহেও অন্ধকারে হাতড়ে হাতড়েই বেড়াচ্ছে, হয়ত মরণের পূর্ব্ব মুহূর্ত্ত পর্যন্ত ওইরকমই হাতড়াবে।

একবার সে অবসন্ন দেহে ঘুমিয়ে পড়লো। কতক্ষণ পরে সে জেগে উঠল, তা সে জানে না; দিন, রাত্রি, ঘণ্টা, ঘড়ি, দণ্ড, পল মুছে গিয়েচে এই ঘোর অন্ধকারে। হয়তো বা তার চোখ দৃষ্টিহীন হয়ে পড়েচে, কে জানে ?

ঘুমুবার পরে সে যেন একটু বল পেল। আবার উঠল, আবার চলল, আলভারেজের শিষ্য সে, নিশ্চেষ্ট ভাবে হাত পা কোলে করে বসে কখনই মরবে না।...সে পথ খুঁজবে, খুঁজবে, যতক্ষণ বেঁচে আছে।

আশ্চর্য্য, সে নদীটাই বা কোথায় গেল ?...গুহার মধ্যে গোলোকধাঁধাঁয় ঘুরবার সময়ে জলধারাকে সে কোথায় হারিয়ে ফেলেচে। নদী দেখতে পেলে হয় তো উদ্ধার পাওয়াও যেতে পারে, কারণ তার এক মুখ যেদিকেই থাক,

একটা মুখ আছে গুহার বাইরে। কিন্তু নদী তো দূরের কথা, একটা অতি ক্ষীণ জলধারার সঙ্গেও আজ তিন দিন পরিচয় নেই ! জল অভাবে শঙ্কর মরতে বসেচে, কষা, লোনা, বিস্বাদ জল চেটে চেটে তার জিব ফুলে উঠেচে, তৃষ্ণা তাতে বেড়েচে ছাড়া কমে নি।

পাথরের দেওয়াল হাতড়ে শঙ্কর খুঁজতে লাগলো, ভিজে দেওয়ালের গায়ে কোথাও শেওলা জন্মেছে কি না - খেয়ে প্রাণ বাঁচাবে। না তাও নেই ! পাথরের দেওয়াল সর্ব্বত্র অনাবৃত - মাঝে মাঝে ক্যালসিয়াম কার্ব্বোনেটের পাতলা সর পড়েচে, একটা ব্যাঙের ছাতা, কি শেওলাজাতীয় উদ্ভিদও নেই। সূর্য্যের আলোর অভাবে উদ্ভিদ এখানে বাঁচতে পারে না।

আরও একদিন কেটে রাত এল। এত ঘোরাঘুরি করেও কিছু সুবিধে হচ্চে বলে তো বোধ হয় না। ওর মনে হতাশা ঘনিয়ে এসেচে। আরও সে কি চলবে, কতক্ষণ চলবে ? এতে কোন ফল নেই, এ চলার শেষ নেই। কোথায় সে চলচে এই গাঢ় নিকষকৃষ্ণ অন্ধকারে, এই ভয়ানক নিস্তব্ধতার মধ্যে ! উঃ কি ভয়ানক অন্ধকার আর কি ভয়ানক নিস্তব্ধতা ! পৃথিবী যেন মরে গিয়েচে, সৃষ্টিশেষের প্রলয়ে সোমসূর্য্য নিবে গিয়েচে, সেই মৃত পৃথিবীর জনহীন, শব্দহীন, সময়হীন, শ্মশানে সেই একমাত্র প্রাণী বেঁচে আছে।

আর বেশীক্ষণ এ-রকম থাকলে সে ঠিক পাগল হয়ে যাবে।

এগারো

শঙ্কর একটু ঘুমিয়ে পড়েছিল বোধ হয়, কিম্বা হয়তো অজ্ঞান হয়েই পড়ে থাকবে। মোটের ওপর যখন আবার জ্ঞান ফিরে এল, তখন ঘড়িতে বারোটা—সম্ভবতঃ রাত বারোটাই হবে। ও উঠে আবার চলতে সুরু করলে। এক জায়গায় তার সামনে একটা পাথরের দেওয়াল পড়লো—তার রাস্তা যেন আট্‌কে রেখেচে। টর্চের রাঙা আলো একটিবার মাত্র জ্বালিয়ে সে দেখলে, যে দেওয়াল ধরে সে এতক্ষণ যাচ্ছিল, তারই সঙ্গে সমকোণ করে এ দেওয়ালটা আড়াআড়ি ভাবে তার পথ রোধ করে দাঁড়িয়ে।

হঠাৎ সে কাণখাড়া করলে...অন্ধকারের মধ্যে কোথায় যেন ক্ষীণ জলের শব্দ পাওয়া যাচ্ছে না?...

হাঁ...ঠিক জলের শব্দই বটে...কুলু কুলু, কুলু কুলু; ঝরণা ধারার শব্দ—যেন পাথরের নুড়ির ওপর দিয়ে মাঝে মাঝে বেধে জল বইচে কোথাও। ভাল করে শুনে ওর মনে হোল, জলের শব্দটা হচ্চে এই পাথরের দেওয়ালের ওপারে। দেওয়ালে কাণ পেতে শুনে ওর ধারণা আরও বদ্ধমূল হোল। দেওয়াল ফুঁড়ে যাবার উপযুক্ত ফাঁক আছে কিনা, টর্চের রাঙা আলোয় অনুসন্ধান করতে করতে এক জায়গায় খুব নীচু ও সংকীর্ণ প্রাকৃতিক রন্ধ্র দেখতে পেলে। সেখান দিয়ে হামাগুড়ি দিয়ে অনেকটা গিয়ে হাতে জল ঠেকলো। সন্তর্পণে ওপরের দিকে হাত দিয়ে বুঝলো, সেখানটাতে দাঁড়ানো যেতে পারে। দাঁড়িয়ে ওঠে ঘন অন্ধকারের মধ্যে কয়েক পা যেতেই, স্রোতযুক্ত বরফের মত ঠাণ্ডা জলে পায়ের পাতা ডুবে গেল।...

ঘন অন্ধকারের মধ্যেই নীচু হয়ে, ও প্রাণ ভরে ঠাণ্ডা জল পান করে নিলে। তারপর টর্চের ক্ষীণ আলোয় জলের স্রোতের গতি লক্ষ্য করলে। এ ধরণের নির্ঝরের স্রোতের উজান দিকে গুহার মুখ সাধারণতঃ হয় না। টর্চ

নিবিয়ে সেই মহা নিবিড় অন্ধকারে পায়ে পায়ে জলের ধারা অনুভব করতে করতে অনেকক্ষণ ধরে চললো। নির্ঝর চলেচে এঁকে বেঁকে, কখনও ডাইনে, কখনও বায়ে। এক জায়গায় যেন সেটা তিন চারটে ছোট বড় ধারায় বিভক্ত হয়ে গিয়ে এদিক ওদিক চলে গিয়েচে, ওর মনে হোল।

সেখানে এসে সে দিশাহারা হয়ে পড়ল। টর্চ্চ জ্বেলে দেখলে স্রোত নানামুখী। আলভারেজের কথা মনে পড়লো, পথে চিহ্ন রেখে না গেলে, এখানে এবার গোল পাকিয়ে যাবার সম্ভাবনা।

নীচু হয়ে চিহ্ন রেখে যাওয়ার উপযোগী কিছু খুঁজতে গিয়ে দেখলে, স্বচ্ছ, নির্ম্মল জলধারার এপারে ওপারে দুপারেই একধরণের পাথরের নুড়ি বিস্তর পড়ে আছে। সেই ধরণের পাথরের নুড়ির ওপর দিয়েও প্রধান জলধারা বয়ে চলেচে। অনেকগুলো নুড়ি পকেটে নিয়ে, সে প্রত্যেক শাখাটা শেষ পর্য্যন্ত পরীক্ষা করবে ভেবে, দুটো নুড়ি ধারার পাশে রাখতে রাখতে গেল। একটা স্রোত থেকে খানিকদূর গিয়ে আবার অনেকগুলো ফেকড়ি বেরিয়েচে। প্রত্যেক সংযোগস্থলে ও নুড়ি সাজিয়ে একটা 'S' অক্ষর তৈরী করে রাখলে।

অনেকগুলো স্রোতশাখা আবার ঘুরে শঙ্কর যেদিক থেকে এসেছিল, সেদিকেই যেন ঘুরে গেল। পথে চিহ্ন না রেখে গিয়েই শঙ্করের মাথা গোলমাল হয়ে যাবার যোগাড় হোল। একবার শঙ্করের পায়ে খুব ঠাণ্ডা কি ঠেকতেই, সে আলো জ্বেলে দেখলে, জলের ধারে এক প্রকাণ্ডকায় অজগর পাইথন কুণ্ডলী পাকিয়ে আছে। পাইথন ওর স্পর্শে আলস্য পরিত্যাগ করে মাথাটা উঠিয়ে কড়ির দানার মত চোখে চাইতেই টর্চ্চের আলোয় দিশাহারা হয়ে গেল - নতুবা শঙ্করের প্রাণ সংশয় হয়ে উঠতো। শঙ্কর জানে অজগর সর্প অতি ভয়ানক জন্তু - বাঘ সিংহের মুখ থেকেও হয়তো পরিত্রাণ পাওয়া যেতে পারে, অজগর সর্পের

নাগপাশ থেকে উদ্ধার পাওয়া অসম্ভব। একটীবার লেজ ছুঁড়ে পা জড়িয়ে ধরলে আর দেখতে হোত না।

এবার অন্ধকারে চলতে ওর ভয়ানক ভয় করছিল। কি জানি, আবার কোথায় কোন পাইথন সাপ কুণ্ডলী পাকিয়ে আছে! দুটো তিনটা স্রোতশাখা পরীক্ষা করে দেখবার পরে ও তার কৃত চিহ্নের সাহায্যে পুনরায় সংযোগ স্থলে ফিরে এল। প্রধান সংযোগ স্থলে ও নুড়ি দিয়ে একটা ক্রুশচিহ্ন করে রেখে গিয়েছিল। এবার ওরই মধ্যে যেটাকে প্রধান বলে মনে হোল, সেটা ধরে চলতে গিয়ে দেখলে সেও সোজামুখে যায় নি। তারও নানা ফেকড়ি বেরিয়েচে, কিছুদূর গিয়েই। এক এক জায়গায় গুহার ছাদ এত নীচু হয়ে নেমে এসেচে যে কুঁজো হয়ে, কোথাও বা মাজা দুমড়ে, অশীতিপর বৃদ্ধের ভঙ্গিতে চলতে হয়।

হঠাৎ একজায়গায় টর্চ্চ জ্বেলে সেই অতি ক্ষীণ আলোতেও শঙ্কর বুঝতে পারলে, গুহাটা সেখানে ত্রিভুজাকৃতি - সেই ত্রিভুজ গুহা, যাকে খুঁজে বার না করতে পেরে, মৃত্যুর দ্বার পর্য্যন্ত যেতে হয়েছিল। একটু পরেই দেখলে বহুদূরে যেন অন্ধকারের ফ্রেমে আটা কয়েকটী নক্ষত্র জ্বলচে। গুহার মুখ। এবার আর ভয় নেই। এ-যাত্রার মত সে বেঁচে গেল।

শঙ্কর যখন বাইরে এসে দাঁড়াল, তখন রাত তিনটে। সেখানটায় গাছপালা কিছু কম, মাথার ওপর নক্ষত্রভরা আকাশ দেখা যায়। রৌরবের মহা অন্ধকার থেকে বার হয়ে এসে রাত্রির নক্ষত্রলোকিত স্বচ্ছ অন্ধকার তার কাছে দীপালোক-খচিত নগরপথের মত মনে হোল। প্রাণভরে সে ভগবানকে ধন্যবাদ দিলে, এ অপ্রত্যাশিত মুক্তির জন্যে।

ভোর হোল। সূর্য্যের আলো গাছের ডালে ডালে ফুটলো। শঙ্কর ভাবলে এ অমঙ্গলজনক স্থানে আর একদণ্ড ও সে থাকবে না। পকেটে একখানা

পাথরের নুড়ি তখনও ছিল, ফেলে না দিয়ে গুহার বিপদের স্মারক স্বরূপ সেখানা সে কাছে রেখে দিলে।

পরদিন এলিফ্যান্ট ঘাস দেখা গেল বনের মধ্যে, সেদিনই সন্ধ্যার পূর্ব্বে অরণ্য শেষ হয়ে খোলা জায়গা দেখা দিল। রাত্রে শঙ্কর অনেকক্ষণ বসে ম্যাপ দেখলে। সামনে যে মুক্ত প্রান্তরবৎ দেশ পড়লো, এখান থেকে এটা প্রায় তিনশো মাইল বিস্তৃত, একেবারে জ্যাম্বেসী নদীর তীর পর্য্যন্ত। এই তিনশো মাইলের খানিকটা পড়েচে বিখ্যাত কালাহারি মরুভূমির মধ্যে, প্রায় ১৭৫ মাইল, অতি ভীষণ, জনমানবহীন, জলহীন, পথহীন মরুভূমি। মিলিটারি ম্যাপ থেকে আলভারেজ নোট করেচে যে, এই অঞ্চলের উত্তরপূর্ব্ব কোণ লক্ষ্য করে একটি বিশেষ পথ ধরে না গেলে, মাঝামাঝি পার হতে যাওয়ার মানেই মৃত্যু। ম্যাপে এর নাম দিয়েচে 'তৃষ্ণার দেশ' (Thirstland Trek)। রোডেসিয়া পৌঁছুতে পারলে যাত্র্যা অনেকটা সহজ হয়ে উঠবে, কারণ সে সব স্থানে মানুষ আছে।

শঙ্কর এখানে অত্যন্ত সাহসের পরিচয় দিলে। পথের এই ভয়ানক অবস্থা জেনে-শুনেও সে দমে গেল না, হাত-পা-হারা হয়ে পড়লো না। এই পথে আলভারেজ একা গিয়ে সলসবেরি থেকে টোটা ও খাবার কিনে আনবে বলেছিল। বাষট্টি বছরের বৃদ্ধ যা পারবে বলে স্থির করেছিল, সে তা থেকে পিছিয়ে যাবে? কিন্তু সাহস ও নির্ভীকতা এক জিনিস, জ্ঞান ও অভিজ্ঞতা সম্পুর্ণ অন্য জিনিস। ম্যাপ দেখে গন্তব্যস্থানের দিক্ নির্ণয় করার ক্ষমতা শঙ্করের ছিল না। সে দেখলে ম্যাপের সে কিছুই বোঝে না। মিলিটারি ম্যাপগুলোতে দুটো মরুমধ্যস্থ কূপের অবস্থান-স্থানের ল্যাটিচিউড্ লঙ্গিচিউড্ দেওয়া আছে, "ম্যাগনেটিক্ নর্থ" আর "ট্রু নর্থ" ঘটিত কি একটা গোলমেলে অঙ্ক কসে বার করতো আলভারেজ, শঙ্কর দেখেচে কিন্তু শিখে নেয়নি।

সুতরাং অদৃষ্টের উপর নির্ভর করা ছাড়া উপায় কি ? অদৃষ্টের উপর নির্ভর করেই শঙ্কর এই দুস্তর মরুভূমিতে পাড়ি দিতে প্রস্তুত হোল। ফলে, দুদিন যেতে না যেতেই শঙ্কর সম্পূর্ণ দিকভ্রান্ত হয়ে পড়লো। ম্যাপ দৃষ্টে যে কোনো

অভিজ্ঞ লোক যে জলাশয় চোখ বুঁজে খুঁজে বার করতে পারতো - শঙ্কর তার তিন মাইল উত্তর দিয়ে চলে গেল, অথচ তখন তার জল ফুরিয়ে এসেচে, নতুন পানীয় জল সংগ্রহ করে না নিলে জীবন বিপদাপন্ন হবে।

প্রথমতঃ শুধু প্রান্তর আর পাহাড়, ক্যাকটাস্ ও ইউফোর্বিয়ার বন, মাঝে মাঝে গ্রানাইটের স্তূপ। তারপর কি ভীষণ কষ্টের সে পথ চলা। খাদ্য নেই, জল নেই, পথ ঠিক নেই, মানুষের মুখ দেখা নেই। দিনের পর দিন শুধু সুদূর, শূন্য, দিগ্বলয় লক্ষ্য করে সে হতাশ পথ-যাত্রা - মাথার ওপর আগুনের মত সূর্য্য, পায়ের নীচে বালি পাথর যেন জ্বলন্ত অঙ্গার সূর্য্য উঠচে, অস্ত যাচ্ছে- নক্ষত্র উঠচে, চাঁদ উঠচে- আবার অস্ত যাচ্চে। মরুভূমির গিরগিটি একঘেয়ে সুরে ডাকচে, ঝিঁ ঝিঁ ডাকচে- সন্ধ্যায়, গভীর নিশীথে।

মাইল-লেখা পাথর নেই, কত মাইল অতিক্রম করা হোল তার হিসেব নেই। খাদ্য দু-একটা পাখী, কখনো বা মরুভূমির বুজার্ড শকুনি, যার মাংস জঠর ও বিস্বাদ। এমন-কি একদিন একটা পাহাড়ী বিষাক্ত কাঁকড়া বিছে, যার দংশনে মৃত্যু- তাও যেন পরম সুখাদ্য, মিললে মহা সৌভাগ্য।

দুদিন ঘোর তৃষ্ণায় কষ্ট পাবার পরে, পাহাড়ের ফাটলে একটা জলাশয় পাওয়া গেল। কিন্তু জলের চেহারা লাল, কতকগুলো কি পোকা ভাসচে জলে- ডাঙায় একটা কি জন্তু মরে পচে ঢোল হয়ে আছে। সেই জলই আকণ্ঠ পান করে শঙ্কর প্রাণ বাঁচালে।

দিনের পর দিন কাটচে, মাস গেল, কি সপ্তাহ গেল, কি বছর গেল, হিসেব নেই। শঙ্কর রোগা হয়ে গিয়েচে শুকিয়ে। কোথায় চলেচে তার কিছুই ঠিক নেই --- শুধু সামনের দিকে যেতে হবে এই সে জানে। সামনের দিকেই ভারতবর্ষ -- বাংলা দেশ।

তারপর পড়লো আসল মরু, কালাহারি মরুভূমির এক অংশ। দূর থেকে তার চেহারা দেখে শঙ্কর ভয়ে শিউরে উঠলো। মানুষে কি করে পার হতে

পারে এই অগ্নিদগ্ধ প্রান্তর ! শুধুই বালির পাহাড়, তাম্রাভ কটা বালির সমুদ্র। ধূ ধূ করে যেন জ্বলচে দুপুরের রোদে। মরুর কিনারায় প্রথম দিনেই ছায়ায় ১২৭ ডিগ্রী উত্তাপ উঠল থার্ম্মোমিটারে।

ম্যাপে বার বার লিখে দিয়েচে উত্তর-পূর্ব্ব কোণ ঘেঁসে ছাড়া কেউ এই মরুভূমি মাঝামাঝি পার হতে যাবে না। গেলেই মৃত্যু, কারণ সেখানে জল একদম নেই। জল যে উত্তর-পূর্ব্ব ধারে আছে তাও নয়, তবে ত্রিশ মাইল, সত্তর মাইল ও নব্বুই মাইল ব্যবধানে তিনটী স্বাভাবিক উণুই আছে- যাতে জল পাওয়া যায়। ঐ উণুইগুলি প্রায়ই পাহাড়ের ফাটলে, খুঁজে বার করা বড়ই কঠিন। এইজন্যে মিলিটারী ম্যাপে ওদের অবস্থান স্থানের অক্ষ ও দ্রাঘিমা দেওয়া আছে।

শঙ্কর ভাবলে, ওসব বার করতে পারবো না ! সেক্সটাণ্ট আছে, নক্ষত্রের চার্ট আছে কিন্তু তাদের ব্যবহার সে জানে না। যা হয় হবে, ভগবান ভরসা। তবে যতদূর সম্ভব উত্তর-পূর্ব্ব কোণ ঘেসে যাবার চেষ্টা সে করলে।

তৃতীয় দিনে নিতান্ত দৈববলে সে একটা উণুই দেখতে পেল। জল কাদাগোলা, আগুনের মত গরম, কিন্তু তাই তখন অমৃতের মত দুর্লভ। মরুভূমি ক্রমে ঘোরতর হয়ে উঠলো। কোন প্রকার জীবের বা উদ্ভিদের চিহ্ন ক্রমশঃ লুপ্ত হয়ে গেল। আগে রাত্রে আলো জ্বাললে দু-একটা কীটপতঙ্গ আলোয় আকৃষ্ট হয়ে আসতো, ক্রমে তাও আর আসে না।

দিনে উত্তাপ যেমন ভীষণ, রাত্রে তেমনি শীত। শেষ রাত্রে শীতে হাত-পা জমে যায় এমন অবস্থা, অথচ ক্রমশঃ আগুন জ্বালবার উপায় গেল, কারণ জ্বালানি কাঠ একেবারেই নেই। কয়েক দিনের মধ্যে সঞ্চিত জল গেল ফুরিয়ে। সে সুবিস্তীর্ণ বালুকা সমুদ্রে একটী পরিচিত বালুকণা খুঁজে বার করা যতদূর

অসম্ভব, তার চেয়ে অসম্ভব ক্ষুদ্র এক হাত-দুই ব্যাসবিশিষ্ট জলের উণুই বার করা।

সেদিন সন্ধ্যার সময় তৃষ্ণার কষ্টে শঙ্কর উন্মত্তপ্রায় হয়ে উঠল। এতক্ষণে শঙ্কর বুঝেচে যে, এ ভীষণ মরুভূমি একা পার হওয়ার চেষ্টা করা আত্মহত্যার সামিল। সে এমন জায়গায় এসে পড়েচে, যেখান থেকে ফিরবার উপায়ও নেই।

একটা উঁচু বালিয়াড়ির ওপর উঠে সে দেখলে, চারিধারে শুধুই কটা বালির পাহাড়, পূর্ব্বদিকে ক্রমশঃ উঁচু হয়ে গিয়েচে। পশ্চিমে সূর্য্য ডুবে গেলেও সারা আকাশ সূর্য্যাস্তের আভায় লাল। কিছুদূরে একটা ছোট টিবির মত পাহাড় এবং দূর থেকে মনে হোল একটা গুহাও আছে। এ ধরণের গ্রানাইটের ছোট টিবি এদেশে সর্ব্বত্র- ট্রান্সভাল ও রোডেসিয়ায় এদের নাম "Kopje" অর্থাৎ ক্ষুদ্র পাহাড়। রাত্রে শীতের হাত থেকে উদ্ধার পাবার জন্যে শঙ্কর সেই গুহায় আশ্রয় নিলে।

এইখানে এক ব্যাপার ঘটল।

বারো

গুহার মধ্যে ঢুকে শঙ্কর টর্চ্চ জ্বেলে (নতুন ব্যাটারি তার কাছে ডজন দুই ছিল) দেখলে গুহাটা ছোট, মেজেটাতে ছোট ছোট পাথর ছড়ানো, বেশ একটা ছোটখাটো ঘরের মত। গুহার এক কোণে ওর চোখ পড়তেই অবাক হয়ে রইল। একটা ছোট্ট কাঠের পিপে! এখানে কি করে এল কাঠের পিপে!

এগিয়ে দুপা গিয়েই সে চমকে উঠল। গুহার দেওয়ালের ধার ঘেসে শায়িত অবস্থায় একটা সাদা নরকঙ্কাল, তার মুণ্ডটা দেওয়ালের দিকে ফেরানো। কঙ্কালের আশে পাশে কালো কালো থলে ছেড়ার মত জিনিষ, বোধ হয় সেগুলো পশমের কোটের অংশ। দুখানা বুট জুতো কঙ্কালের গায়ে এখনও লাগানো। একপেশে একটা মরচে-পড়া বন্দুক।

পিপেটার পাশে একটা ছিপি-আঁটা বোতল। বোতলের মধ্যে একখানা কাগজ। ছিপিটা খুলে কাগজখানা বার করে দেখলে, তাতে ইংরিজিতে কি লেখা আছে।

পিপেটাতে কি আছে দেখবার জন্যে যেমন সে সেটা নাড়াতে গিয়েচে, অমনি পিপের নীচে থেকে একটা ফোঁস ফোঁস শব্দ শুনে ওর শরীরের রক্ত ঠাণ্ডা হয়ে গেল। নিমেষের মধ্যে একটা প্রকাণ্ড সাপ মাটী থেকে হাত তিনেক উঁচু হয়ে ঠেলে উঠল। বোধ হয়, ছোবল মারবার আগে সাপটা এক সেকেণ্ড দেরী করেছিল। সেই এক সেকেণ্ডের দেরী করার জন্যে শঙ্করের প্রাণ রক্ষা হোল। পরমুহূর্ত্তেই শঙ্করের .৪৫ অটোমেটিক কোল্ট গর্জ্জন করে উঠল। সঙ্গে সঙ্গে ভীষণ বিষধর 'স্যাণ্ড ভাইপার' এর মাথাটা ছিন্নভিন্ন হয়ে, রক্ত-মাংস খানিকটা পিপের গায়, খানিকটা পাথরের দেওয়ালে ছিটকে লাগলো। আলভারেজ ওকে শিখিয়েছিল, পথে সর্ব্বদা হাতিয়ার তৈরী রাখবে। এ উপদেশ অনেকবার তার প্রাণ বাঁচিয়েচে।

অদ্ভুত পরিত্রাণ ! সব দিক থেকেই। পিপেটা পরীক্ষা করতে গিয়ে দেখা গেল, সেটাতে অল্প একটু জল তখনও আছে। খুব কালো শিউ গোলার মত রং বটে, তবুও জল। ছোট পিপেটা উঁচু করে তুলে ধরে, পিপের ছিপি খুলে ঢক ঢক করে শঙ্কর সেই দুর্গন্ধ কালো কালির মত জল আকণ্ঠ পান করলে। তারপর সে টর্চ্চের আলোতে সাপটা পরীক্ষা করলে। পুরো পাঁচ হাত লম্বা সাপটা, মোটাও বেশ। এ ধরণের সাপ মরুভূমির বালির মধ্যে শরীর লুকিয়ে শুধু মুণ্ডটা ওপরে তুলে থাকে- অতি মারাত্মক রকমের বিষাক্ত সর্প।

এইবার বোতলের মধ্যের কাগজখানা খুলে মন দিয়ে পড়লে। যে ছোট্ট পেন্সিল দিয়ে এটা লেখা হয়েচে- বোতলের মধ্যে সেটাও পাওয়া গেল। কাগজখানাতে লেখা আছে... "আমার মৃত্যু নিকট। আজিই আমার শেষ রাত্রি। যদি আমার মরণের পরে, কেউ এই ভয়ঙ্কর মরুভূমির পথে যেতে যেতে এই গুহাতে আশ্রয় গ্রহণ করেন, তবে সম্ভবতঃ এই কাগজ তাঁর হাতে পড়বে। আমার গাধাটা দিন দুই আগে মরুভূমির মধ্যে মারা গিয়েচে। এক পিপে জল তার পিঠে ছিল, সেটা আমি এই গুহার মধ্যে নিয়ে এসে রেখে দিয়েচি, যদিও জ্বরে আমার শরীর অবসন্ন। মাথা তুলবার শক্তি নেই। তার ওপর অনাহারে শরীর আগে থেকেই দুর্ব্বল।

আমার বয়স ২৬ বৎসর। আমার নাম আত্তিলিও গাত্তি। ফ্লোরেন্সের গাত্তি বংশে আমার জন্ম। বিখ্যাত নাবিক রিওলিনো কাভালকান্তি গাত্তি- যিনি লেপান্টোর যুদ্ধে তুর্কীদের সঙ্গে লড়েছিলেন, তিনি আমার একজন পূর্ব্বপুরুষ।

রোম ও পিসা বিশ্ববিদ্যালয়ে উচ্চশিক্ষা লাভ করেছিলাম, কিন্তু শেষ পর্য্যন্ত ভবঘুরে হয়ে গেলাম সমুদ্রের নেশায়,- যা আমাদের বংশগত নেশা। ডাচ ইণ্ডিজ যাবার পথে পশ্চিম আফ্রিকার উপকূলে জাহাজ ডুবি হোল।

আমরা সাতজন লোক অতিকষ্টে ডাঙা পেলাম । ঘোর জঙ্গলময় অঞ্চল আফ্রিকার এই পশ্চিম উপকূল । জঙ্গলের মধ্যে শেফুজাতির একগ্রামে আমরা আশ্রয় নিই এবং প্রায় দুমাস সেখানে থাকি । এখানেই দৈবাৎ এক অদ্ভুত হীরার খনির গল্প শুনলাম । পূর্ব্বদিকে এক প্রকাণ্ড পর্ব্বত ও ভীষণ আরণ্য অঞ্চলে নাকি এই হীরার খনি অবস্থিত ।

আমরা সাতজন ঠিক করলাম এই হীরার খনি যে করে হোক, বার করতে হবেই । আমাকে ওরা দলের অধিনায়ক করলে- তারপর আমরা দুর্গম জঙ্গল ঠেলে চললাম সেই সম্পূর্ণ অজ্ঞাত পার্ব্বত্য অঞ্চলে । সে গ্রামের কোন লোক পথ দেখিয়ে নিয়ে যেতে রাজী হোল না । তারা বলে, তারা কখনও সে জায়গায় যায় নি, কোথায় তা জানে না, বিশেষতঃ এক উপদেবতা নাকি সে বনের রক্ষক। সেখান থেকে হীরা নিয়ে কেউ আসতে পারবে না ।

আমরা দমবার পাত্র নই । পথে যেতে যেতে ঘোর কষ্টে বেঘোরে দু'জন সঙ্গী মারা গেল । বাকী চারজন আর অগ্রসর হতে চায় না । আমি দলের অধ্যক্ষ, গাত্তি বংশে আমার জন্ম, পিছু হটতে জানি না । যতক্ষণ প্রাণ আছে, এগিয়ে যেতে হবে এই জানি । আমি ফিরতে চাইলাম না ।

শরীর ভেঙ্গে পড়তে চাইচে । আজ রাত্রেই আসবে সে নিরবয়ব মৃত্যুদূত! বড় সুন্দর আমাদের ছোট্ট হ্রদ সেরিনো লাগ্রানো, ওরই তীরে আমার পৈতৃক প্রাসাদ, কাষ্টোলি রিওলিনি । এতদূর থেকেও আমি সেরিনো লাগ্রানোর তীরবর্ত্তী কমলালেবুর বাগানের লেবুফুলের সুগন্ধ পাচ্ছি । ছোট্ট যে গির্জ্জাটী পাহাড়ের নীচেই, তার রূপোর ঘন্টার মিষ্টি আওয়াজ পাচ্ছি ।

না, এসব কি আবোল তাবোল লিখচি জ্বরের ঘোরে । আসল কথাটা বলি। কতক্ষণই বা আর লিখবো?

আমরা সে পর্ব্বতমালা, সে মহাদুর্গম অরণ্যে গিয়েছিলাম। সে খনি বার করেছিলাম। যে নদীর তীরে হীরা পাওয়া যায়, এক বিশাল ও অতি ভয়ানক গুহার মধ্যে সে নদীর উৎপত্তি স্থান। আমিই সেই গুহার মধ্যে ঢুকে এবং নদীর জলের তীরে ও জলের মধ্যে পাথরের নুড়ির মত অজস্র হীরা ছড়ানো দেখতে পাই। প্রত্যেক নুড়িটী টেট্রাহেড্রন ক্রিষ্ট্যাল, স্বচ্ছ ও হরিদ্রাভ; লণ্ডন ও আমষ্টার্ডামের বাজারে এমন হীরা নেই।

এই অরণ্য ও পর্ব্বতের সে উপদেবতাকে আমি এই গুহার মধ্যে দেখেছি- ধূনোর কাঠের মশালের আলোয়, দূর থেকে আবছায়া ভাবে। সত্যি ভীষণ তার চেহারা! জ্বলন্ত মশাল হাতে ছিল বলেই সেদিন আমার কাছে সে ঘেসেনি। এই গুহাতেই সে সম্ভবতঃ বাস করে। হীরার খনির সে রক্ষক, এই প্রবাদের সৃষ্টি সেই জন্যেই বোধ হয় হয়েচে।

কিন্তু কি কুক্ষণেই হীরার সন্ধান পেয়েছিলাম এবং কি কুক্ষণেই সঙ্গীদের কাছে তা প্রকাশ করেছিলাম। ওদের নিয়ে আবার যখন সে গুহায় ঢুকি, হীরার খনি খুঁজে পেলাম না। একে ঘোর অন্ধকার, মশালের আলোয় সে অন্ধকার দূর হয় না, তার ওপরে বহুমুখী নদী, কোন স্রোতটার ধারা হীরার রাশির ওপর দিয়ে বইচে, কিছুতেই বার করতে পারলাম না আর।

আমার সঙ্গীরা বব্বর, জাহাজের খালাসী। ভাবলে, ওদের ফাঁকি দিলাম বুঝি। আমি একা নেবো এই বুঝি আমার মতলব। ওরা কি ষড়যন্ত্র আঁটলে জানিনে, পরদিন সন্ধ্যাবেলা চারজনা মিলে অতর্কিতে ছুরি খুলে আমায় আক্রমণ করলে। কিন্তু তারা জানতো না আমাকে, আত্তিলিও গাত্তিকে। আমার ধমনীতে উষ্ণ রক্ত বইচে, আমার পূর্ব্বপুরুষ রিওলিনি কাভাল কান্তি গাত্তির, যিনি লেপান্টোর যুদ্ধে ওরকম বহু বর্ব্বরকে নরকে পাঠিয়েছিলেন। সান্টা কাটালিনার সামরিক বিদ্যালয়ে যখন আমি ছাত্র, আমাদের অঞ্চলের শ্রেষ্ঠ Fencer এন্টোনিও ড্রেফুসকে ছোরার ডুয়েলে জখম করি। আমার

ছোরার আঘাতে ওরা দু'জন মরে গেল, দু'জন সাংঘাতিক ঘায়েল হোল, নিজেও আমি চোট পেলাম ওদের হাতে। আহত বদমাইস দুটোও সেই রাত্রে ভবলীলা শেষ করল। ভেবে দেখলাম এখন এই গুহার গোলক ধাঁধাঁর ভেতর থেকে খনি খুঁজে হয়তো বার করতে পারব না। তাছাড়া আমি সাংঘাতিক আহত, আমার সভ্যজগতে পৌঁছুতেই হবে। পূর্ব্বদিকের পথে ডাচ্ উপনিবেশে পৌঁছুবো বলে রওনা হয়েছিলুম। কিন্তু এ পর্য্যন্ত এসে আর অগ্রসর হতে পারলুম না। ওরা তলপেটে ছুরি মেরেছে, সেই ক্ষতস্থান উঠল বিষিয়ে। সেই সঙ্গে জ্বর। মানুষের কি লোভ তাই ভাবি। কেন ওরা আমাকে মারলে ? ওরা আমার সঙ্গী, একবারও তো ওদের ফাঁকি দেওয়ার কথা আমার মনে আসে নি।

জগতের সর্ব্বশ্রেষ্ঠ হীরক খনির মালিক আমি, কারণ নিজের প্রাণ-বিপন্ন করে তা আমি আবিষ্কার করেচি। যিনি আমার এ লেখা পড়ে বুঝতে পারবেন, তিনি নিশ্চয়ই সভ্য মানুষ ও খৃষ্টান। তাঁর প্রতি আমার অনুরোধ, আমাকে তিনি যেন খৃষ্টানের উপযুক্ত কবর দেন। এই অনুগ্রহের বদলে ঐ খনির স্বত্ব আমি তাঁকে দিলাম। রাণী শেবার ধণভাণ্ডারও এ খনির কাছে কিছু নয় !

প্রাণ গেল, যাক্, কি করবো ? কিন্তু কি ভয়ানক মরুভূমি এ ! একটা ঝিঁঝিঁ পোকার ডাক পর্য্যন্ত নেই কোনোদিকে ! এমন সব জায়গাও থাকে পৃথিবীতে ! আমার আজ কেবলই মনে হচ্ছে, পপলার ঘেরা সেরিনো লাগ্রানো হ্রদ আর দেখবো না, তার ধারে যে চতুর্দ্দশ শতাব্দির গির্জ্জাটা, তার সেই বড় রুপোর ঘন্টার পবিত্র ধ্বনি, পাহাড়ের ওপরে আমাদের যে প্রাচীন প্রাসাদ কাষ্টেলি রিওলিনি, মূরদের দুর্গের মত দেখায়...দূরে আমব্রিয়ার সবুজ মাঠ ও দ্রাক্ষাক্ষেত্রের মধ্যে দিয়ে ছোট্ট ডোরা নদী বয়ে যাচ্ছে...যাক্, আবার কি প্রলাপ বকচি।

গুহার দুয়ারে বসে আকাশের অগণিত তারা প্রাণভরে দেখছি শেষ বারের জন্যে ।...সাধু ফ্রাঙ্কোর সেই সৌর স্তোত্র মনে পড়চেঃ- স্তুত হোন্ প্রভু মোর, পবন সঞ্চার তরে, স্থির বায়ু তরে, ভগিনী মেদিনী তরে, নীল মেঘ তরে, আকাশের তরে, সুদিন কুদিন তরে, দেহের মরণ তরে ।

আর একটা কথা । আমার দুই পায়ে জুতার মধ্যে পাঁচখানা বড় হীরা লুকানো আছে, তোমায় তা দিলাম হে অজানা পথিক বন্ধু । আমার শেষ অনুরোধটি ভুলো না । জননী মেরী তোমার মঙ্গল করুন।

কম্যাণ্ডার আত্তিলিও গাত্তি

১৮৮০ সাল । সম্ভবতঃ মার্চ্চ মাস ।

হতভাগ্য যুবক !

তার মৃত্যুর পরে সুদীর্ঘ ত্রিশ বৎসর চলে গিয়েচে, এই ত্রিশ বৎসরের মধ্যে এ পথে হয়তো কেই যায় নি, গেলেও গুহাটার মধ্যে ঢোকেনি । এতকাল পরে তার চিঠিখানা মানুষের হাতে পড়লো।

আশ্চর্য্য এই যে কাঠের পিপেটাতে ত্রিশবছর পরেও জল ছিল কি করে?

কিন্তু কাগজখানা পড়েই শঙ্করের মনে হোল, এই লেখায় বর্ণিত ঐটেই সেই গুহা- সে নিজে যেখানে পথ হারিয়ে মারা যেতে বসেছিল ! তারপরে সে কৌতূহলের সঙ্গে কঙ্কালের পায়ের জুতো টান দিয়ে খসাতেই পাঁচখানা বড় বড় পাথর বেরিয়ে পড়লো । এ অবিকল সেই পাথরের নুড়ির মত, যা এক পকেট কুড়িয়ে অন্ধকারে গুহার মধ্যে সে পথে চিহ্ন করেছিল এবং যার একখানা তার কাছে রয়েচে । এ পাথরের নুড়ি তো রাশি রাশি সে দেখেচে গুহার মধ্যের সেই অন্ধকারময়ী নদীর জলস্রোতের নীচে, তার দুই তীরে ! কে জানতো যে হীরার খনি খুঁজতে সে ও আলভারেজ সাত সমুদ্র তেরো নদী পার হয়ে এসে, ছ'মাস ধরে রিখটারসভেল্ড পার্ব্বত্য অঞ্চলে ঘুরে-ঘুরে হয়রাণ হয়ে গিয়েচে— এমন

সম্পূর্ণ অপ্রত্যাশিত ভাবে সে সেখানে গিয়ে পড়বে! হীরা যে এমন রাশি রাশি পড়ে থাকে পাথরের নুড়ির মতো— তাই বা কে ভেবেছিল! আগে এ সব জানা থাকলে, পাথরের নুড়ি সে দু-পকেট ভরে কুড়িয়ে বাইরে নিয়ে আসতো!

কিন্তু তার চেয়েও খারাপ কাজ হয়ে গিয়েচে যে, সে রত্নখনির গুহা যে কোথায়, কোন্ দিকে তার কোনো নক্সা করে আনে নি বা সেখানে কোনো চিহ্ন রেখে আসে নি, যাতে আবার তাকে খুঁজে নেওয়া যেতে পারে। সেই সুবিস্তীর্ণ পর্ব্বত ও অরণ্য অঞ্চলের কোন্ জায়গায় সেই গুহাটা দৈবাৎ সে দেখেছিল, তাকি তার ঠিক আছে, না ভবিষ্যতে সে আবার সে জায়গা বার করতে পারবে? এ যুবকও তো কোনো নক্সা করেনি, কিন্তু সাংঘাতিক আহত হয়েছিল রত্নখনি আবিষ্কার করার পরেই, এর ভুল হওয়া খুব স্বাভাবিক। হয়তো এ যা বার করতে পারতো নক্সা না দেখে— সে তা পারবে না।

হঠাৎ আলভারেজের মৃত্যুর পূর্ব্বের কথা শঙ্করের মনে পড়ল। সে বলেছিল— চল যাই, শঙ্কর, গুহার মধ্যে রাজার ভান্ডার লুকোনো আছে! তুমি দেখতে পাচ্ছ না, আমি দেখতে পাচ্ছি। শঙ্কর গুহার মধ্যেই সেই নরকঙ্কালটা সমাধিস্থ করলে। পিঁপেটা ভেঙে ফেলে তারই দু'খানা কাঠে মরচে পড়া পেরেক ঠুকে ক্রুশ তৈরি করলে ও সমাধির ওপর সেই ক্রুশটা পুঁতলে। এ ছাড়া খৃস্টধর্মাচারীকে সমাধিস্থ করবার অন্য কোনো রীতি তার জানা নেই। তারপরে সে ভগবানের কাছে প্রার্থনা করলে, এই মৃত যুবকের আত্মার শান্তির জন্য।

এসব শেষ করতে সারাদিনটা কেটে গেল। রাত্রে বিশ্রাম করে পরদিন আবার সে রওনা হল। কঙ্কালের চিঠিখানা ও হীরেগুলি যত্ন করে সঙ্গে নিল।

তবে তার মনে হল, এই অভিশপ্ত হীরের খনির সন্ধানে যে গিয়েছে, সে আর ফেরেনি। আত্তিলিও গাত্তি ও তার সঙ্গীরা মরেছে, জিম কার্টার মরেছে,

আলভারেজ মরেছে। এর আগেই বা কত লোক মরেছে তার ঠিক কি? এইবার তার পালা। এই মরুভূমিতেই তার শেষ, এই বীর ইটালিয়ান যুবকের মতো।

তেরো

দুপুরের রোদে যখন দিক-দিগন্তে আগুন জ্বলে উঠ্‌লো, একটা ছোট্ট পাথরের ঢিবির আড়ালে সে আশ্রয় নিলে। ১৩৫° ডিগ্রী উত্তাপ উঠেচে তাপমান যন্ত্রে, রক্তমাংসের মানুষের পক্ষে এ উত্তাপে পথহাঁটা চলে না। যদি সে কোনরকমে এই ভয়ানক মরুভূমির হাত এড়াতে পারতো, তবে হয়তো জীবন্ত অবস্থায় মানুষের আবাসে পৌঁছুতেও পারতো। সে ভয় করে শুধু এই মরুভূমি, সে জানে কালাহারী মরু বড় বড় সিংহের বিচরণভূমি। তার হাতে রাইফেল আছে—রাতদুপুরেও একা যত বড় সিংহই হোক, সম্মুখীন হতে সে ভয় করে না—কিন্তু ভয় হয় তৃষ্ণা রাক্ষসীকে। তার হাত থেকে পরিত্রাণ নেই। দুপুরে সে দু'বার মরীচিকা দেখলে। এতদিন মরুপথে আসতেও এ আশ্চর্য্য নৈসর্গিক দৃশ্য দেখেনি, বইয়েই পড়েছিল মরীচিকার কথা। একবার উত্তর পূর্ব্ব কোণে, একবার দক্ষিণ পূর্ব্ব কোণে, দুই মরীচিকাই কিন্তু প্রায় এক রকম—অর্থাত্‌ একটা বড় গম্বুজওয়ালা মসজিদ বা গির্জ্জা, চারপাশে খর্জ্জুরকুঞ্জ, সামনে বিস্তৃত জলাশয়। উত্তরপূর্ব্ব কোণের মরীচিকাটা বেশী স্পষ্ট।

সন্ধ্যার দিকে দূরদিগন্তে মেঘমালার মত পর্ব্বতমালা দেখা গেল। শঙ্কর নিজের চোখকে বিশ্বাস করতে পারলে না। পূর্ব্বদিকে একটাই মাত্র বড় পর্ব্বত, এখান থেকে দেখা পাওয়া সম্ভব, দক্ষিণ রোডেসিয়ার প্রান্তবর্ত্তী চিমানিমানি পর্ব্বতমালা। তাহোলে কি বুঝতে হবে যে, সে বিশাল কালাহারি পদব্রজে পার হয়ে প্রায় শেষ করতে চলেচে? না এ-ও মরীচিকা?

কিন্তু রাত দশটা পর্য্যন্ত পথ চলেও জ্যোত্‌স্নারাত্রে সে দূর পর্ব্বতের সীমারেখা তেমনি স্পষ্ট দেখতে পেল। অসংখ্য ধন্যবাদ হে ভগবান, মরীচিকা নয় তবে। জ্যোত্‌স্নারাত্রে কেউ কখনো মরীচিকা দেখেনি।

তবে কি প্রাণের আশা আছে? আজ পৃথিবীর বৃহত্তম রত্নখনির মালিক সে। নিজের পরিশ্রমে ও দুঃসাহসের বলে সে তার স্বত্ব অর্জ্জন করেচে। দরিদ্র বাংলা মায়ের বুকে সে যদি আজ বেঁচে ফেরে!

দু'দিনের দিন বিকেলে সে এসে পর্ব্বতের নিচে পৌঁছলো। তখন সে দেখলে, পর্ব্বত পার হওয়া ছাড়া ওপারে যাওয়ার কোনো সহজ উপায় নেই। নইলে পঁচিশ মাইল মরুভূমি পাড়ি দিয়ে পর্ব্বতের দক্ষিণ প্রান্ত ঘুরে আসতে হবে। মরুভূমির মধ্যে সে আর কিছুতেই যেতে রাজি নয়। সে পাহাড় পার হয়েই যাবে।

এইখানে সে প্রকান্ড একটা ভুল করলে। সে ভুলে গেল যে সাড়ে বারো হাজার ফুট একটা পর্ব্বতমালা ডিঙিয়ে ওপারে যাওয়া সহজ ব্যাপার নয়। রিখটারসভেল্ড পার হওয়ার মতোই শক্ত। তার চেয়েও শক্ত, কারণ সেখানে আলভারেজ ছিল। এখানে সে একা। শঙ্কর ব্যাপারের গুরুত্বটা তেমন বুঝতে পারলে না, ফলে চিমানিমানি পর্ব্বত উত্তীর্ণ হতে গিয়ে প্রাণ হারাতে বসলো, ভীষণ প্রজ্বলন্ত কালাহারি পার হতে গিয়েও সে এমন ভাবে নিশ্চিত মৃত্যুর সম্মুখীন হয়নি।

চিমানিমানি পর্ব্বতে জঙ্গল খুব বেশি ঘন নয়। শঙ্কর প্রথম দিন অনেকটা উঠলো— তারপর একটা জায়গায় গিয়ে পড়লো, সেখান থেকে কোনো দিকে যাবার উপায় নেই। কোন পথটা দিয়ে উঠেছিল, সেটাও আর খুঁজে পেলে না— তার মনে হোল, সে সমতলভূমির যে জায়গা দিয়ে উঠেছিল, তার ত্রিশ ডিগ্রী দক্ষিণে চলে এসেচে। কেন যে এমন হোল, এর কারণ কিছুতেই সে বার করতে পারলে না। কোথা দিয়ে কোথায় চলে গেল, কখনো উঠচে, কখনো নামচে, সূর্য্য দেখে দিক ঠিক করে নিচ্ছে, কিন্তু সাত আট মাইল পাহাড় উত্তীর্ণ হতে এতদিন লাগচে কেন?

তৃতীয় দিনে আর একটা নতুন বিপদ ঘটল । তার আগের দিন একখানা আলগা পাথর গড়িয়ে তার পায়ে চোট লেগেছিল । তখন তত কিছু হয়নি, পরদিন সকালে আর সে শয্যা ছেড়ে উঠতে পারে না । হাঁটু ফুলেচে, বেদনাও খুব । দুর্গম পথে নামা-ওঠা করা এ অবস্থায় অসম্ভব । পাহাড়ের একটা ঝরনা থেকে ওঠবার সময় জল সংগ্রহ করে এনেছিল, তাই একটু একটু করে খেয়ে চালাচ্চে। পায়ের বেদনা কমে না যাওয়া পর্য্যন্ত তাকে এখানেই অপেক্ষা করতে হবে । বেশীদূর যাওয়া চলবে না । সামান্য একটু-আধটু চলাফেরা করতেই হবে খাদ্য ও জলের চেষ্টায়, ভাগ্যে পাহাড়ের এই স্থানটা যেন খানিকটা সমতলভূমির মতো, তাই রক্ষে ।

এই সব অবস্থায়, এই মনুষ্যবাসহীন পাহাড়ে বিপদ তো পদে পদেই । একা এ পাহাড় টপকাতে গেলে যে কোনো ইউরোপীয় পর্যটকেরও ঠিক এইরকম বিপদ ঘটতে পারতো ।

শঙ্কর আর পারে না । ওর হৃত্পিন্ডে কি একটা রোগ হয়েচে, একটু হাঁটলেই ধড়াস ধড়াস করে হৃত্পিন্ডটা পাঁজরায় ধাক্কা মারে । অমানুষিক পথশ্রমে, দুর্ভাবনায়, অখাদ্য-কুখাদ্য খেয়ে, কখনও বা অনাহারের কষ্টে, ওর শরীরে কিছু নেই ।

চারদিনের দিন সন্ধ্যাবেলা অবসন্ন দেহে সে একটা গাছের তলায় আশ্রয় নিলে । খাদ্য নেই কাল থেকে । রাইফেল সঙ্গে আছে, কিন্তু একটা বন্য জন্তুর দেখা নেই । দুপুরে একটা হরিণকে চরতে দেখে ভরসা হয়েছিল, কিন্তু রাইফেলটা তখন ছিল পঞ্চাশ গজ তফাতে একটা গাছে ঠেস দেওয়া, আনতে গিয়ে হরিণটা পালিয়ে গেল । জল খুব সামান্যই আছে চামড়ার বোতলে । এ অবস্থায় নেমে সে ঝরণা থেকে জল আনবেই বা কি করে? হাঁটুটা আরও ফুলেচে

। বেদনা এত বেশী যে একটু চলাফেরা করলেই মাথার শির পর্য্যন্ত ছিঁড়ে পড়ে যন্ত্রণায় ।

পরিষ্কার আকাশতলে আর্দ্রতাশূন্য বায়ুমন্ডলের গুণে অনেকদূর পর্যন্ত স্পষ্ট দেখা যাচ্চে । দিকচক্রবালে মেঘলা করে ঘিরেচে নীল পর্ব্বতমালা দূরে দূরে । দক্ষিণ-পশ্চিমে দিগন্ত বিস্তীর্ণ কালাহারী । দক্ষিণে ওয়াহকুক পর্ব্বত, তারও অনেক পিছনে মেঘের মত দৃশ্যমান পল ক্রুগার পর্ব্বতমালা— সলস্ বেরির দিকে কিছু দেখা যায় না, চিমানিমানি পর্ব্বতের এক উষ্চতর শৃঙ্গ সেদিকে দৃষ্টি আটকেচে ।

আজ দুপুর থেকে ওর মাথার উপর শকুনির দল উড়চে । এতদিন এত বিপদেও শঙ্করের যা হয়নি, আজ শকুনির দল মাথার উপর উড়তে দেখে সত্যই ওর ভয় হয়েচে । ওরা তাহোলে কি বুঝেচে যে শিকার জুটবার বেশী দেরী নেই?

সন্ধ্যার কিছু পরে কি একটা শব্দ শুনে চেয়ে দেখলে, পাশেই এক শিলাখন্ডের আড়ালে একটা ধূসর রঙের নেকড়ে বাঘ— নেকড়ের লম্বা ছুঁচালো কাণ দুটো খাড়া হয়ে আছে, সাদা সাদা দাঁতের উপর দিয়ে রাঙা জিভটা অনেকখানি বার হয়ে লকলক করচে । চোখে চোখ পড়তেই সেটা চট করে পাথরের আড়াল থেকে সরে দূরে পালালো ।

নেকড়ে বাঘটাও তাহোলে কি বুঝেছে? পশুরা নাকি আগে থেকে অনেক কথা জানতে পারে ।

হাড়ভাঙ্গা শীত পড়লো রাত্রে । ও কিছু কাঠকুটো কুড়িয়ে আগুন জ্বাললে। অগ্নিকুন্ডের আলো যতটুকু পড়েছে তার বাইরে ঘন অন্ধকার ।

কি একটা জন্তু এসে অগ্নিকুন্ড থেকে কিছুদূরে অন্ধকারে দেহ মিশিয়ে চুপ করে বসলো । কোয়োট, বন্যকুকুর জাতীয় জন্তু । ক্রমে আর একটা, আর দুটো, আর তিনটে । রাত বাড়বার সঙ্গে সঙ্গে দশ-পনেরোটা এসে জমা হোল ।

অন্ধকারে তার চারিধার ঘিরে নিঃশব্দে অসীম ধৈর্য্যের সঙ্গে যেন কিসের প্রতীক্ষা করচে।

কি সব অমঙ্গল জনক দৃশ্য !

ভয়ে ওর গায়ের রক্ত হিম হয়ে গেল। সত্যিই কি এতদিনে তারও মৃত্যু ঘনিয়ে এসেচে?

এতদিন পরে এল তাহোলে ! সে-ও পারলে না রিখটার্সভেল্ড থেকে হীরে নিয়ে পালিয়ে যেতে !

উঃ, আজ কত টাকার মালিক সে। হীরের খনি বাদ যাক, তার সঙ্গে যে ছ'খানা হীরে রয়েচে, তার দাম অন্ততঃ দু-তিন লক্ষ টাকা নিশ্চয়ই হবে। তার গরিব গ্রামে, গরিব বাপ মায়ের বাড়ী যদি সে এই টাকা নিয়ে গিয়ে উঠতে পারতো... কত গরীবের চোখের জল মুছিয়ে দিতে পারতো, গ্রামের কত দরিদ্র কুমারীকে বিবাহের যৌতুক দিয়ে ভালো পাত্রে বিবাহ দিত, কত সহায়হীন বৃদ্ধ-বৃদ্ধার শেষ ক'টা দিন নিশ্চিন্ত করে তুলতে পারতো...

কিন্তু সে সব ভেবে কি হবে, যা হবার নয়? তার চেয়ে এই অপূর্ব্ব রাত্রির নক্ষত্রালোকিত আকাশের শোভা, এই বিশাল পর্ব্বত ও মরুভূমির নিস্তব্ধ গম্ভীর রূপ, মৃত্যুর আগে শঙ্করও চায় চোখ ভরে দেখতে, সেই ইটালিয়ান যুবক গাত্তির মত। ওরা যে অদৃষ্টের এক অদৃশ্য তারে গাঁথা সবাই — আত্তিলিও গাত্তি ও তার সঙ্গীরা, জিম কার্টার, আলভারেজ, শঙ্কর।

রাত গভীর হয়েচে। কি ভীষণ শীত ! একবার সে চেয়ে দেখলে, কোয়োটগুলো এরি মধ্যে কখন আরও কাছে সরে এসেচে। অন্ধকারের মধ্যে আলো পড়ে তাদের চোখগুলো জ্বলচে। শঙ্কর একখানা জ্বলন্ত কাঠ ছুঁড়ে মারতেই ওরা সব দূরে সরে গেল, কিন্তু কি নিঃশব্দ ওদের গতিবিধি আর কি অসীম তাদের ধৈর্য্য ! শঙ্করের মনে হোল, এরা জানে শিকার ওদের হাতের মুঠোয়, হাতছাড়া হবার কোনো উপায় নেই।

ইতিমধ্যে সন্ধ্যাবেলার সেই ধূসর নেকড়ে বাঘটাও দু-দুবার এসে অন্ধকারে কোয়োটদের পিছনে বসে দেখে গিয়েচে।

একটুও ঘুমুতে ভরসা হল না ওর। কি জানি, কোয়োট আর নেকড়ের দল হয়তো তাহোলে জীবন্তই তাকে ছিঁড়ে খাবে মৃত মনে করে। অবসন্ন, ক্লান্ত দেহে জেগেই বসে থাকতে হবে তাকে। ঘুমে চোখ ঢুলে আসলেও উপায় নেই। মাঝে মাঝে কোয়োটগুলো এগিয়ে এসে বসে, ও জ্বলন্ত কাঠ ছুঁড়ে মারতেই সরে যায়। দু-একটা হায়েনাও এসে ওদের দলে যোগ দিয়েচে, হায়েনাদের চোখগুলো অন্ধকারে কি ভীষণ জ্বলে !

কি ভয়ানক অবস্থাতে সে পড়েচে ! জনবিরল বর্ব্বর দেশের জনশূন্য পর্ব্বতের সাড়ে তিন হাজার ফুট উপরে সে চলৎশক্তি হীন অবস্থায় বসে... গভীর রাত, ঘোর অন্ধকার... সামান্য আগুন জ্বলচে। মাথার ওপর জলকণাশূন্য স্তব্ধ বায়ুমন্ডলের গুণে আকাশের অগণ্য তারা জ্বলজ্বল করচে যেন ইলেকট্রিক আলোর মত... নীচে তার চারিধার ঘিরে অন্ধকারে মাংসলোলুপ নীরব নেকড়ে, কোয়োট, হায়েনার দল।

কিন্তু সঙ্গে সঙ্গে তার এটাও মনে হোল, বাংলার পাড়াগাঁয়ে ম্যালেরিয়ায় ধুঁকে সে মরচে না। এ মৃত্যু বীরের মৃত্যু ! পদব্রজে কালাহারি মরুভূমি পার হয়েচে সে— একা। মরে গিয়ে চিমানিমানি পর্ব্বতের শিলায় নাম খুদে রেখে যাবে। সে একজন বিশিষ্ট ভ্রমণকারী ও আবিষ্কারক। অত বড় হীরের খনি সেই তো খুঁজে বার করেছে ! আলভারেজ মারা যাওয়ার পরে সেই বিশাল অরণ্য ও পার্ব্বত্য অঞ্চলের গোলকধাঁধা থেকে সে তো একাই বার হতে পেরে এতদূর এসেচে ! এখন সে নিরুপায়, অসুস্থ, চলত্‌শক্তি রহিত। তবুও সে যুঝচে, ভয় তো পায়নি, সাহস তো হারায়নি। কাপুরুষ, ভীরু নয় সে। জীবন-মৃত্যু তো অদৃষ্টের খেলা। না বাঁচলে তার দোষ কি?

দীর্ঘ রাত্রি কেটে গিয়ে পুবদিক ফরসা হোল। সঙ্গে সঙ্গে বন্য জন্তুর দল কোথায় পালালো। বেলা বাড়চে, আবার নির্ম্মম সূর্য্য জ্বালিয়ে পুড়িয়ে দিতে সুরু করেচে দিকবিদিক। সঙ্গে সঙ্গে শকুনির দল কোথা থেকে এসে হাজির। কেউ মাথার ওপর ঘুরচে, কেউ বা দূরে দূরে গাছের ডালে কি পাথরের ওপরে বসে খুব ধীরভাবে প্রতীক্ষা করচে। ওরা যেন বলচে— কোথায় যাবে বাছাধন? যে কদিন লাফালাফি করবে, করে নাও। আমরা বসি, এমন কিছু তাড়াতাড়ি নেই আমাদের।

শঙ্করের খিদে নেই। খাবার ইচ্ছেও নেই। তবুও সে গুলি করে একটা শকুনি মারলে। রৌদ্র ভীষণ চড়েচে, আগুন-তাতা পাথরের গায়ে পা রাখা যায় না। এ পর্ব্বতও মরুভূমির সামিল, খাদ্য এখানে মেলে না, জলও না। সে মরা শকুনিটা নিয়ে এসে আগুন জ্বেলে ঝলসাতে বসলো। এর আগে মরুভূমির মধ্যেও সে শকুনির মাংস খেয়েচে। এরাই এখন প্রাণ ধারণের একমাত্র উপায়, আজ ও খাচ্চে ওদের, কাল ওরা খাবে ওকে। শকুনিগুলো এসে আবার মাথার উপর জুটেচে।

তার নিজের ছায়া পড়েচে পাথরের গায়ে, সে নির্জ্জন স্থানে শঙ্করের উদ্ভ্রান্ত মনে ছায়াটা যেন একজন সঙ্গী মনে হোল। বোধহয়, ওর মাথা খারাপ হয়ে আসচে। কারণ বেঘোর অবস্থায়, ও কত বার নিজের ছায়ার সঙ্গে কথা বলতে লাগলো, কতবার পরক্ষণের সচেতন মুহূর্ত্তে নিজের ভুল বুঝে নিজেকে সামলে নিলে।

সে পাগল হয়ে যাচ্চে নাকি? জ্বর হয়নি তো? তার মাথার মধ্যে ক্রমশঃ গোলমাল হয়ে যাচ্চে সব। আলভারেজ... হীরের খনি... পাহাড়, পাহাড়, বালির সমুদ্র... আত্তিলিও গাত্তি। কাল রাত্রে ঘুম হয়নি ... আবার রাত আসচে, সে একটু ঘুমিয়ে নেবে।

কিসের শব্দে ওর তন্দ্রা ছুটে গেল। একটা অদ্ভুত ধরনের শব্দ আসচে কোনদিক থেকে? কোন পরিচিত শব্দের মত নয়। কিসের শব্দ? কোনদিক থেকে শব্দটা আসচে তাও বোঝা যায় না। কিন্তু ক্রমশঃ কাছে আসচে সেটা।

হঠাৎ আকাশের দিকে শঙ্করের চোখ পড়তেই সে অবাক হয়ে চেয়ে রইল। তার মাথার ওপর দিয়ে বিকট শব্দ করে কী একটা জিনিস যাচ্চে। ওই কি এরোপ্লেন? সে বইয়ে ছবি দেখেছে বটে।

এরোপ্লেন যখন ঠিক মাথার ওপর এল, শঙ্কর চীৎকার করলে, কাপড় ওড়ালে, গাছের ডাল ভেঙে নাড়লে, কিন্তু কিছুতেই পাইলটের দৃষ্টি আকর্ষণ করতে পারলে না। দেখতে দেখতে এরোপ্লেনখানা সুদূরে ভায়োলেট রঙের পল ক্রুগার পর্ব্বতমালার মাথার ওপর অদৃশ্য হয়ে গেল।

হয়তো আরও এরোপ্লেন যাবে এ পথ দিয়ে। কী আশ্চর্য্য দেখতে এই এরোপ্লেন জিনিসটা। ভারতবর্ষে থাকতে সে একখানাও দেখেনি।

শঙ্কর ভাবলে আগুন জ্বালিয়ে কাঁচা ডাল পাতা দিয়ে সে যথেষ্ট ধোঁয়া করবে। যদি আবার এ পথে যায়, পাইলটের দৃষ্টি আকৃষ্ট হবে ধোঁয়া দেখে। একটা সুবিধে হয়েচে, এরোপ্লেনের ঐ বিকট আওয়াজে শকুনির দল কোনদিকে ভেগেচে যেন।

সেদিন কাটল। দিন কেটে রাত্রি হবার সঙ্গে সঙ্গে শঙ্করের দুর্ভোগ হল সুরু। আবার গত রাত্রির পুনরাবৃত্তি। সেই কোয়োটের দল আবার এল। আগুনের চারধারে তারা আবার তাকে ঘিরে বসলো। নেকড়ে বাঘটা সন্ধ্যা না হতেই দূর থেকে একবার দেখে গেল। গভীর রাত্রে আর একবার এল।

কিসে এদের হাত থেকে পরিত্রাণ পাওয়া যায়? আওয়াজ করতে ভরসা হয় না— টোটা মাত্র দুটী বাকী। টোটা ফুরিয়ে গেলে তাকে অনাহারে মরতে

হবে। মরতে তো হবেই, তবে দু'দিন আগে আর পিছে; যতক্ষণ শ্বাস ততক্ষণ আশ।

কিন্তু আওয়াজ তাকে করতেই হোল। গভীর রাত্রে হায়েনাগুলো এসে কোয়োটদের সাহস বাড়িয়ে দিলে। তারা আরও এগিয়ে সরে এসে তাকে চারি ধার থেকে ঘিরলে। পোড়া কাঠ ছুঁড়ে মারলে আর ভয় পায় না।

একবার একটু তন্দ্রামত এসেছিল— বসে বসেই ঢুলে পড়েছিল। পর মুহূর্তে সজাগ হয়ে উঠে দেখলে, নেকড়ে বাঘটা অন্ধকার থেকে পা টিপে টিপে তার অত্যন্ত কাছে এসে পড়েচে। ওর ভয় হোল, হয়তো ওটা ঘাড়ে ঝাঁপিয়ে পড়বে। ভয়ের চোটে একবার গুলি ছুঁড়লে। আরেকবার শেষ রাত্রের দিকে ঠিক এ রকমই হোল। কোয়োটগুলোর ধৈর্য্য অসীম, সেগুলো চুপ করে বসে থাকে মাত্র, কিছু বলে না! কিন্তু নেকড়ে বাঘটা ফাঁক খুঁজচে।

রাত ফর্সা হবার সঙ্গে সঙ্গে দুঃস্বপ্নের মতো অন্তর্হিত হয়ে গেল কোয়োট, হায়েনা ও নেকড়ের দল। সঙ্গে সঙ্গে শঙ্করও আগুনের ধারে শুয়েই ঘুমিয়ে পড়লো।

একটা কিসের শব্দে শঙ্করের ঘুম ভেঙে গেল।

খানিকটা আগে খুব বড় একটা আওয়াজ হয়েচে কোনো কিছুর। শঙ্করের কাণে তার রেশ এখনও লেগে আছে।

কেউ কি বন্দুকের আওয়াজ করেচে? কিন্তু তা অসম্ভব, এই দুর্গম পর্ব্বতের পথে কোন মানুষ আসবে?

একটী মাত্র টোটা অবশিষ্ট আছে। শঙ্কর ভাগ্যের ওপর নির্ভর করে, সেটা খরচ করে একটা আওয়াজ করলে। যা থাকে কপালে, মরেচেই তো। উত্তরে দু'বার বন্দুকের আওয়াজ হোল।

আনন্দে ও উত্তেজনায় শঙ্কর ভুলে গেল যে তার পা খোঁড়া, ভুলে গেল যে সে একটানা বেশীদূর যেতে পারে না। তার আর টোটা নেই, সে আর বন্দুকের আওয়াজ করতে পারলে না কিন্তু প্রাণপণে চীৎকার করতে লাগলো। গাছের ডাল ভেঙে নাড়তে লাগলো, আগুন জ্বালবার কাঠকুটোর সন্ধানে চারিদিকে আকুল-দৃষ্টিতে চেয়ে দেখতে লাগলো।

ক্রুগার ন্যাশনাল পার্ক জরীপ করবার দল, কিম্বার্লি থেকে কেপটাউন যাবার পথে, চিমানিমানি পর্ব্বতের নীচে কালাহারি মরুভূমির উত্তর-পূর্ব্ব কোণে তাঁবু ফেলেছিল। সঙ্গে সাতখানা ডবল টায়ার ক্যাটারপিলার চাকা বসানো মোটর গাড়ী, এদের দলে নিগ্রো কুলী ও চাকর-বাকর বাদে ন'জন ইউরোপীয়। জন চারেক হরিণ শিকার করতে উঠেছিল চিমানিমানি পর্ব্বতের প্রথম ও নিম্নতম থাকটাতে।

হঠাৎ এ জনহীন অরণ্যপ্রদেশে সভ্য রাইফেলের আওয়াজে ওরা বিস্মিত হয়ে উঠল। কিন্তু ওদের পুনরায় আওয়াজের প্রত্যুত্তর না পেয়ে ইতস্ততঃ খুঁজতে বেরিয়ে দেখতে পেলে, সামনে একটা অপেক্ষাকৃত উচ্চতর চূড়া থেকে, এক জীর্ণ ও কঙ্কালসার কোটরগতচক্ষু প্রেতমূর্ত্তি উন্মাদের মত হাত-পা নেড়ে তাদের কি বোঝাবার চেষ্টা করচে। তার পরনে ছিন্নভিন্ন অতি মলিন ইউরোপীয় পরিচ্ছদ।

ওরা ছুটে গেল। শঙ্কর আবোল-তাবোল কি বকল, ওরা ভালো বুঝতে পারলে না। যত্ন করে নামিয়ে পাহাড়ের নীচে ওদের ক্যাম্পে নিয়ে গেল। ওর জিনিসপত্রও নামিয়ে আনা হয়েছিল। ওকে বিছানায় শুইয়ে দেওয়া হোল।

কিন্তু এই ধাক্কায় শঙ্করকে বেশ ভুগতে হোল। ক্রমাগত অনাহারে, কষ্টে, উদ্বেগে, অখাদ্য-কুখাদ্য ভক্ষণের ফলে, তার শরীর খুব যখম হয়েছিল, সেই রাত্রেই তার বেজায় জ্বর এল।

জ্বরে সে অঘোর অচৈতন্য হয়ে পড়লো, কখন যে মোটর গাড়ী ওখান থেকে ছাড়লো, কখন যে তারা সলস্‌বেরীতে পৌঁছলো, শঙ্করের কিছুই খেয়াল নেই। সেই অবস্থায় পনেরো দিন সে সলস্‌বেরীর হাসপাতালে কাটিয়ে দিল। তারপর ক্রমশঃ সুস্থ হয়ে, মাসখানেক পরে একদিন সকালে হাসপাতাল থেকে ছাড়া পেয়ে বাইরের রাজপথে এসে দাঁড়ালো।

চোদ্দ

সলস্‌বেরী ! কত দিনের স্বপ্ন !...

আজ সে সত্যিই বড় একটা ইউরোপীয় ধরনের শহরের ফুটপাতে দাঁড়িয়ে। বড় বড় বাড়ী, ব্যাঙ্ক, হোটেল, দোকান, পিচঢালা চওড়া রাস্তা, একপাশ দিয়ে ইলেকট্রিক ট্রাম চলচে, জুলু রিকসাওয়ালা রিকসা টানচে, কাগজওয়ালা কাগজ বিক্রী করচে। সবই যেন নতুন, যেন এসব দৃশ্য জীবনে কখনো সে দেখেনি।

লোকালয়ে তো এসেচে, কিন্তু সে একেবারে কপর্দ্দকশূন্য। এক পেয়ালা চা খাবার পয়সাও তার নেই। কাছে একটা ভারতীয় দোকান দেখে তার বড় আনন্দ হোল। কতদিন যেন দেখেনি স্বদেশবাসীর মুখ। দোকানদার মেমন মুসলমান, সাবান ও গন্ধদ্রব্যের পাইকারী বিক্রেতা। খুব বড় দোকান। শঙ্করকে দেখেই সে বুঝলে এ দুঃস্থ ও বিপদগ্রস্ত। নিজে দু'টাকা সাহায্য করলে ও একজন বড় ভারতীয় সওদাগরের সঙ্গে দেখা করতে বলে দিলে।

টাকা দুটী পকেটে নিয়ে শঙ্কর আবার পথে এসে দাঁড়ালো। আসবার সময় বলে এল— অসীম ধন্যবাদ টাকা দুটীর জন্যে। এ আমি আপনার কাছে ধার নিলাম, আমার হাতে পয়সা এলে আপনাকে কিন্তু এ টাকা নিতে হবে। সামনেই একটা ভারতীয় রেষ্টুরেন্ট। সে ভাল কিছু খাবার লোভ সম্বরণ করতে পারলে না, কতদিন সভ্য খাদ্য মুখে দেয়নি! সেখানে ঢুকে এক টাকার পুরী, কচুরী, হালুয়া, মাংসের চপ, কেক পেট ভরে খেল। সেই সঙ্গে দু-তিন পেয়ালা কফি।

চায়ের টেবিলে একখানা পুরনো কাগজের দিকে তার নজর পড়লো। তাতে একটা জায়গায় বড় বড় অক্ষরের হেড লাইনে লেখা আছেঃ—

National Park Survey Party's Singular Experience
A lonely Indian found in the desert
Dying of thirst and exhaustion
His strange story

শঙ্কর দেখলে, তার একটা ফটোও কাগজে ছাপা হয়েচে। তার মুখে সম্পূর্ণ কাল্পনিক একটা গল্পও দেওয়া হয়েচে। এ রকম গল্প সে কারো কাছে করে নি।

খবরের কাগজখানার নাম 'সলস্‌বেরী ডেলি ক্রনিকল'। সে খবরের কাগজের আপিসে গিয়ে নিজের পরিচয় দিলে। তার চারিপাশে ভিড় জমে গেল। ওকে খুঁজে বার করবার জন্যে রিপোর্টারের দল অনেক চেষ্টা করেছিল জানা গেল। সেখানে চিমানিমানি পর্ব্বতে পা-ভে পড়ে থাকার গল্প বলে ও ফটো তুলতে দিয়ে শঙ্কর পঞ্চাশ টাকা পেলে। ও থেকে সে আগে সেই সহৃদয় মুসলমান দোকানদারের টাকা দুটী দিয়ে এল।

ওদের দৃষ্ট আগ্নেয়গিরিটার সম্বন্ধে সে কাগজে একটা প্রবন্ধ লিখলে। তাতে আগ্নেয়গিরিটার নামকরণ করলে— মাউন্ট আলভারেজ। তবে মধ্য আফ্রিকার অরণ্যে লুকানো এত বড় একটা আস্ত জীবন্ত আগ্নেয়গিরির এই গল্প কেউ বিশ্বাস করলে, কেউ করলে না। অবিশ্যি রত্নের গুহার বাষ্পও সে কাউকে জানতে দেয়নি। দিলে দলে দলে লোক ছুটবে ওর সন্ধানে।

তারপরে একটা বইয়ের দোকানে গিয়ে সে এক রাশ ইংরেজী বই ও মাসিক পত্রিকা কিনলে। বই পড়েনি কতকাল! সন্ধ্যায় একটা সিনেমায় ছবি দেখলে। কতকাল পরে, রাত্রে হোটেলের ভাল বিছানায় ইলেকট্রিক আলোর তলায় শুয়ে বই পড়তে পড়তে সে মাঝে মাঝে জানালা দিয়ে নীচের প্রিন্স আলবার্ট ভিক্টর স্ট্রীটের দিকে চেয়ে চেয়ে দেখছিল। ট্রাম যাচ্ছে নীচে দিয়ে,

জুলু রিকসাওয়ালা রিকসা চালিয়ে নিয়ে যাচ্ছে, ভারতীয় কফিখানায় ঠুনঠুন করে ঘন্টা বাজচে, মাঝে মাঝে দু চারখানা মোটরও যাচ্ছে ।...এর সঙ্গে মনে হোল আর একটা ছবি— সামনে আগুনের কুণ্ড, কিছুদূরে বৃত্তাকারে ঘিরে বসে আছে কোয়োট্‌ ও হায়েনার দল । ওদের পিছনে নেকড়েটার দুটো গোল গোল চোখ আগুনের ভাঁটার মতো জ্বলছে অন্ধকারের মধ্যে ।

কোনটা স্বপ্ন?...চিমানিমানি পর্ব্বতে যাপিত সেই ভয়ঙ্কর রাত্রি, না আজকের এই রাত্রি?

ইতিমধ্যে সলস্‌বেরীতে শঙ্কর একজন বিখ্যাত লোক হয়ে গেল । রিপোর্টারের ভিড়ে তার হোটেলের হল সব সময় ভর্ত্তি । খবরের কাগজের লোক আসে তার ভ্রমণ বৃত্তান্ত ছাপবার কন্ট্রাক্ট করতে, কেউ আসে ফটো নিতে ।

আত্তিলিও গাত্তির কথা সে ইটালিয়ান কনসাল জেনারেলকে জানালে । তাঁর আপিসের পুরোণো কাগজপত্র ঘেঁটে জানা গেল, আত্তিলিও গাত্তি নামে একজন সম্ভ্রান্ত ইটালিয়ান যুবক ১৮৭৯ সালের আগস্ট মাসে পর্টুগীজ পশ্চিম আফ্রিকার উপকূলে জাহাজ ডুবি হবার পর নামে । তারপর যুবকটীর আর কোনো পাত্তা পাওয়া যায়নি । তার আত্মীয়-স্বজন ধনী ও সম্ভ্রান্ত লোক । ১৮৯০-৯৫ সাল পর্য্যন্ত তারা তাদের নিরুদ্দিষ্ট আত্মীয়ের সন্ধানের জন্যে পূর্ব্ব, পশ্চিম ও দক্ষিণ আফ্রিকার কনসুলেট আপিসকে জ্বালিয়ে খেয়েছিল, পুরস্কার ঘোষণা করাও হয়েছিল তার সন্ধানের জন্যে । ১৮৯৫ সাল থেকে তারা হাল ছেড়ে দিয়েছিল ।

পূর্ব্বোক্ত মুসলমান দোকানদারটীর সাহায্যে সে ব্ল্যাকমুন ষ্ট্রীটের বড় জহুরী রাইডাল ও মর্সবির দোকানে চারখানা পাথর সাড়ে বত্রিশ হাজার টাকায় বিক্রী করলে । বাকী দু'খানার দর আরও বেশী উঠেছিল, কিন্তু শঙ্কর

সে দুখানা পাথর তার মাকে দেখাবার জন্যে দেশে নিয়ে যেতে চায়। এখন বিক্রী করবার তার ইচ্ছে নেই।

নীল সমুদ্র !......

বম্বেগামী জাহাজের ডেকে দাঁড়িয়ে পর্টুগীজ পূর্ব্ব-আফ্রিকার বেইরা বন্দরের নারিকেল বনশ্যাম তীরভূমিকে মিলিয়ে যেতে দেখতে দেখতে, শঙ্কর ভাবছিল তার জীবনের এই এ্যাডভেঞ্চারের কথা। এই তো জীবন, এই ভাবেই তো জীবনকে ভোগ করতে চেয়েছিল সে। মানুষের আয়ু মানুষের জীবনের ভুল মাপকাটি। দশ বৎসরের জীবন উপভোগ করেচে সে এই দেড় বছরে। আজ সে শুধু একজন ভবঘুরে পথিক নয়, একটা জীবন্ত আগ্নেয়গিরির সহ-আবিষ্কারক। মাউন্ট আলভারেজকে সে জগতে প্রসিদ্ধ করবে। দূরে ভারত মহাসমুদ্রের পারে জননী জন্মভূমি পূণ্যভূমি ভারতবর্ষের জন্য এখন মন তার চঞ্চল হয়ে উঠেচে। তার মনটী উত্‌সুক হয়ে আছে, কবে দূর থেকে বোম্বাইয়ের রাজাবাঈ টাওয়ারের উঁচু চূড়োটা মাতৃভূমির উপকূলের সান্নিধ্য ঘোষণা করবে... তারপর বাউল কীর্ত্তনগান মুখরিত বাংলাদেশের প্রান্তে তাদের শ্যামল ছোট্টপল্লী... সামনে আসচে বসন্তকাল... পল্লীপথে যখন একদিন সজনে ফুলের দল পথ বিছিয়ে পড়ে থাকবে, বৌ-কথা-ক ডাকবে ওদের বকুল গাছটায়... নদীর ঘাটে লাগবে গিয়ে ওর ডিঙি।

বিদায় ! আলভারেজ বন্ধু !... স্বদেশে ফিরে যাওয়ার এই আনন্দের মুহূর্ত্তে তোমার কথাই আজ মনে হচ্চে। তুমি সেই দলের মানুষ, সারা আকাশ যাদের ঘরের ছাদ, সারা পৃথিবী যাদের পায়ে চলার পথ। আশীর্ব্বাদ কোরো তোমার মহারণ্যের নির্জ্জন সমাধি থেকে, যেন তোমার মতো হতে পারি জীবনে, অমনি সুখ-দুঃখে নিস্পৃহ, অমনি নির্ভীক।

বিদায়! বন্ধু আত্তিলিও গাত্তি! অনেক জন্মের বন্ধু ছিলে তুমি।

তোমরা সবাই মিলে শিখিয়েছ চীন দেশে প্রচলিত সেই প্রাচীন ছড়াটঈর সত্যতা—

ছাদের আলসের দিব্যি চৌরস একখানা টালি হয়ে অনড় অবস্থায় সুখে-স্বচ্ছন্দে থাকার চেয়ে স্ফটিক প্রস্তর হয়ে ভেঙে যাওয়াও ভালো, ভেঙে যাওয়াও ভালো, ভেঙে যাওয়াও ভালো।

আবার তাকে আফ্রিকায় ফিরতে হবে। এখন জন্মভূমির টান বড় টান। জন্মভূমির কোলে এখন সে কিছুদিন কাটাবে। তারপর দেশেই সে কোম্পানী গঠন করবার চেষ্টা করবে— আবার সুদূর রিখটারসভেল্ড পর্ব্বতে ফিরবে রত্নখনির পুনর্ব্বার অনুসন্ধানে— খুঁজে সে বার করবেই...

ততদিন — বিদায়!

—শেষ—

****

Made in the USA
Columbia, SC
11 May 2020

96417930R00075